# Lira dos Vinte Anos

Título – Lira dos vinte anos
Copyright da atualização © Escala Educacional 2006
Copyright da atualização © Editora Lafonte Ltda. 2020

ISBN 978-65-86096-94-1

Todos os direitos reservados.
Nenhuma parte deste livro pode ser reproduzida por quaisquer meios
existentes sem autorização por escrito dos editores e detentores dos direitos.

**Direção Editorial** Ethel Santaella
**Revisão do texto** Temas e Variações Editoriais
**Textos de capa** Dida Bessana
**Diagramação** Demetrios Cardozo
**Imagem de capa** IVVIVVI / Shutterstock

**Dados Internacionais de Catalogação na Publicação (CIP)**
**(Câmara Brasileira do Livro, SP, Brasil)**

```
Azevedo, Álvares de, 1831-1852
   Lira dos vinte anos / Álvares de Azevedo. --
São Paulo : Lafonte, 2020.

   ISBN 978-65-86096-94-1

   1. Poesia brasileira I. Título.

20-41706                                CDD-B869.1
```

Índices para catálogo sistemático:

1. Poesia : Literatura brasileira   B869.1

Cibele Maria Dias - Bibliotecária - CRB-8/9427

**Editora Lafonte**

Av. Profª Ida Kolb, 551, Casa Verde, CEP 02518-000, São Paulo-SP, Brasil
Tel.: (+55) 11 3855-2100, CEP 02518-000, São Paulo-SP, Brasil
Atendimento ao leitor (+55) 11 3855- 2216 / 11 – 3855 - 2213 – *atendimento@editoralafonte.com.br*
Venda de livros avulsos (+55) 11 3855- 2216 – *vendas@editoralafonte.com.br*
Venda de livros no atacado (+55) 11 3855-2275 – *atacado@escala.com.br*

ÁLVARES DE AZEVEDO

# Lira dos Vinte Anos

Lafonte

Brasil - 2020

# ÍNDICE

PARTE I ................................................................................................. *9*
PARTE II ............................................................................................... *91*
PARTE III ............................................................................................ *147*

> *Cantando a vida, como o cisne a morte.*
> Bocage [1]

> *Dieu, amour et poésie sont les trois mots que je voudrais seuls graver sur ma pierre, si je mérite une pierre.*
> Lamartine [2]

# PREFÁCIO

São os primeiros cantos de um pobre poeta. Desculpai-os. As primeiras vozes do sabiá não têm a doçura dos seus cânticos de amor.

É uma lira, mas sem cordas; uma primavera, mas sem flores; uma coroa de folhas, mas sem viço.

Cantos espontâneos do coração, vibrações doridas da lira interna que agitava um sonho, notas que o vento levou – com isso dou a lume essas harmonias.

São as páginas despedaçadas de um livro não lido...

E agora que despi a minha musa saudosa dos véus do mistério do meu amor e da minha solidão, agora que ela vai seminua e tímida, por entre vós, derramar em vossas almas os últimos perfumes de seu coração, ó meus amigos, recebei-a no peito e amai-a como o consolo, que foi, de uma alma esperançosa, que depunha fé na poesia e no amor – esses dois raios luminosos do coração de Deus.

---

1 Manuel du Bocage (1765-1805), poeta português. Árcade e pré-romântico, sonetista notável, um dos precursores da modernidade em seu país.
2 "Deus, amor e poesia são as três únicas palavras que eu gostaria de gravar sobre a minha lápide, se eu mereço uma lápide". Alphonse de Lamartine (1790-1869), escritor francês. Sua obra expressou pela primeira vez, na França, os temas e sentimentos típicos do romantismo.

# À MINHA MÃE

*Se a terra é adorada, a mãe não é mais digna de veneração.*

Digest of hindu law [3]

Como as flores de uma árvore silvestre
Se esfolham sobre a leiva que deu vida
A seus ramos sem fruto,
Ó minha doce mãe, sobre teu seio
Deixa que dessa pálida coroa
Das minhas fantasias
Eu desfolhe também, frias, sem cheiro,
Flores da minha vida, murchas flores
Que só orvalha o pranto!

---

3   Código da lei hindu.

# PRIMEIRA PARTE

## NO MAR

*Les étoiles s'allument au ciel, et la brise du soir erre doucement parmi les fleurs: rêvez, chantez et soupirez.* [4]
George Sand

Era de noite – dormias,
Do sonho nas melodias,
Ao fresco da viração,
Embalada na falua,
Ao frio clarão da lua,
Aos ais do meu coração!

Ah! que véu de palidez
Da langue face na tez!
Como teus seios revoltos
Te palpitavam sonhando!
Como eu cismava beijando
Teus negros cabelos soltos!

Sonhavas? – eu não dormia;
A minh'alma se embebia
Em tua alma pensativa!
E tremias, bela amante,
A meus beijos, semelhante
Às folhas da sensitiva!

---
4  "No céu, as estrelas se iluminam e a brisa leve da noite passeia entre as flores: sonhos, cantos e suspiros."

E que noite! que luar!
E que ardentias no mar!
E que perfumes no vento!
Que vida que se bebia
Na noite que parecia
Suspirar de sentimento!

Minha rola, ó minha flor,
Ó madressilva de amor,
Como eras saudosa então!
Como pálida sorrias
E no meu peito dormias
Aos ais do meu coração!

E que noite! que luar!
Como a brisa a soluçar
Se desmaiava de amor!
Como toda evaporava
Perfumes que respirava
Nas laranjeiras em flor!

Suspiravas? que suspiro!
Ai que ainda me deliro
Entrevendo a imagem tua
Ao fresco da viração,
Aos ais do meu coração,
Embalada na falua!

Como virgem que desmaia,
Dormia a onda na praia!
Tua alma de sonhos cheia
Era tão pura, dormente,
Como a vaga transparente
Sobre seu leito de areia!

Era de noite – dormias,
Do sonho nas melodias,

Ao fresco da viração;
Embalada na falua,
Ao frio clarão da lua,
Aos ais do meu coração.

## SONHANDO

*Hier, la nuit d'été, que nous prêtait ses voiles,*
*Était digne de toi, tant elle avait d'étoiles!* [5]
Victor Hugo

Na praia deserta que a lua branqueia,
Que mimo! que rosa! que filha de Deus!
Tão pálida... ao vê-la meu ser devaneia,
Sufoco nos lábios os hálitos meus!
    Não corras na areia,
    Não corras assim!
    Donzela, onde vais?
    Tem pena de mim!

A praia é tão longa! e a onda bravia
As roupas de gaza te molha de escuma...
De noite, aos serenos, a areia é tão fria...
Tão úmido o vento que os ares perfuma!
    És tão doentia...
    Não corras assim...
    Donzela, onde vais?
    Tem pena de mim!

A brisa teus negros cabelos soltou,
O orvalho da face te esfria o suor,
Teus seios palpitam – a brisa os roçou,
Beijou-os, suspira, desmaia de amor!
    Teu pé tropeçou...

---

5 "Ontem, a noite de verão nos cobria com seu véu, / Ela era digna de ti, com mil estrelas no céu!"

Não corras assim...
Donzela, onde vais?
Tem pena de mim!

E o pálido mimo da minha paixão
Num longo soluço tremeu e parou,
Sentou-se na praia, sozinha no chão,
A mão regelada no colo pousou!
Que tens, coração
Que tremes assim?
Cansaste, donzela?
Tem pena de mim!

Deitou-se na areia que a vaga molhou.
Imóvel e branca na praia dormia;
Mas nem os seus olhos o sono fechou
E nem o seu colo de neve tremia...
O seio gelou?...
Não durmas assim!
Ó pálida fria,
Tem pena de mim!

Dormia – na fronte que níveo suar...
Que mão regelada no lânguido peito...
Não era mais alvo seu leito do mar,
Não era mais frio seu gélido leito!
Nem um ressonar...
Não durmas assim...
Ó pálida fria,
Tem pena de mim!

Aqui no meu peito vem antes sonhar
Nos longos suspiros do meu coração:
Eu quero em meus lábios teu seio aquentar,
Teu colo, essas faces, e a gélida mão...
Não durmas no mar!
Não durmas assim.

  Estátua sem vida,
  Tem pena de mim!

E a vaga crescia seu corpo banhando,
As cândidas formas movendo de leve!
E eu vi-a suave nas águas boiando
Com soltos cabelos nas roupas de neve!
  Nas vagas sonhando
  Não durmas assim...
  Donzela, onde vais?
  Tem pena de mim!

E a imagem da virgem nas águas do mar
Brilhava tão branca no límpido véu...
Nem mais transparente luzia o luar
No ambiente sem nuvens da noite do céu!
  Nas águas do mar
  Não durmas assim...
  Não morras, donzela,
  Espera por mim!

## CISMAR

> *Fala-me, anjo de luz! és glorioso*
> *À minha vista na janela à noite*
> *Como divino alado mensageiro*
> *Ao ebrioso olhar dos frouxos olhos*
> *Do homem, que se ajoelha para vê-lo,*
> *Quando resvala em preguiçosas nuvens,*
> *Ou navega no seio do ar da noite.*
>         Romeu

Ai! quando de noite, sozinha à janela
Co'a face na mão te vejo ao luar,
Por que, suspirando, tu sonhas, donzela?
  A noite vai bela,

E a vista desmaia
Ao longe na praia
Do mar!

Por quem essa lágrima orvalha-te os dedos,
Como água da chuva cheiroso jasmim?
Na cisma que anjinho te conta segredos?
Que pálidos medos?
Suave morena,
Acaso tens pena
De mim?

Donzela sombria, na brisa não sentes
A dor que um suspiro em meus lábios tremeu?
E a noite, que inspira no seio dos entes
Os sonhos ardentes,
Não diz-te que a voz
Que fala-te a sós
Sou eu?

Acorda! Não durmas da cisma no véu!
Amemos, vivamos, que amor é sonhar!
Um beijo, donzela! Não ouves? no céu
A brisa gemeu...
As vagas murmuram...
As folhas sussurram:
Amar!

# AI JESUS!

Ai Jesus! não vês que gemo,
Que desmaio de paixão
Pelos teus olhos azuis?
Que empalideço, que tremo,
Que me expira o coração?
Ai Jesus!

Que por um olhar, donzela,
Eu poderia morrer
Dos teus olhos pela luz?
Que morte! que morte bela!
Antes seria viver!
    Ai Jesus!

Que por um beijo perdido
Eu de gozo morreria
Em teus níveos seios nus?
Que no oceano dum gemido
Minh'alma se afogaria?
    Ai Jesus!

## ANJINHO

*And from her fair and unpolluted flesh*
*May violets spring!* [6]
Hamlet

Não chorem... que não morreu!
Era um anjinho do céu
Que um outro anjinho chamou!
Era uma luz peregrina,
Era uma estrela divina
Que ao firmamento voou!

Pobre criança! Dormia:
A beleza reluzia
No carmim da face dela!
Tinha uns olhos que choravam,
Tinha uns risos que encantavam!...
Ai meu Deus! era tão bela.

---

[6] "Que de sua jovem e imaculada carne / Possam brotar violetas!"

Um anjo d'asas azuis,
Todo vestido de luz,
Sussurrou-lhe num segredo
Os mistérios doutra vida!
E a criança adormecida
Sorria de se ir tão cedo!

Tão cedo! que ainda o mundo
O lábio visguento, imundo,
Lhe não passara na roupa!
Que só o vento do céu
Batia do barco seu
As velas d'ouro da poupa!

Tão cedo! que o vestuário
Levou do anjo solitário
Que velava seu dormir!
Que lhe beijava risonho
E essa florzinha no sonho
Toda orvalhava no abrir!

Não chorem! lembro-me ainda
Como a criança era linda
No fresco da facezinha!
Com seus lábios azulados,
Com os seus olhos vidrados
Como de morta andorinha!

Pobrezinho! o que sofreu!
Como convulso tremeu
Na febre dessa agonia!
Nem gemia o anjo lindo,
Só os olhos expandindo
Olhar alguém parecia!

Era um canto de esperança
Que embalava essa criança?

Alguma estrela perdida,
Do céu c'roada donzela...
Toda a chorar-se por ela
Que a chamava doutra vida?

Não chorem... que não morreu!
Que era um anjinho do céu
Que um outro anjinho chamou!
Era uma luz peregrina,
Era uma estrela divina
Que ao firmamento voou!
Era uma alma que dormia
Da noite na ventania
E que uma fada acordou!
Era uma flor de palmeira
Na sua manhã primeira
Que um céu d'inverno murchou!

Não chores! abandonada
Pela rosa perfumada,
Tendo no lábio um sorriso,
Ela se foi mergulhar
– Como pérola no mar –
Nos sonhos do paraíso!

Não chores! chora o jardim
Quando murchado o jasmim
Sobre o seio lhe pendeu?
E pranteia a noite bela
Pelo astro ou pela donzela
Mortos na terra ou no céu?

Choram as flores no afã
Quando a ave da manhã
Estremece, cai, esfria?
Chora a onda quando vê

A boiar um irerê
Morta ao sol do meio-dia?

Não chores!... que não morreu!
Era um anjinho do céu
Que um outro anjinho chamou!
Era uma luz peregrina,
Era uma estrela divina
Que ao firmamento voou!

## ANJOS DO MAR

As ondas são anjos que dormem no mar,
Que tremem, palpitam, banhados de luz...
São anjos que dormem, a rir e sonhar
E em leito d'escuma revolvem-se nus!

E quando, de noite, vem pálida a lua
Seus raios incertos tremer, pratear...
E a trança luzente da nuvem flutua...
As ondas são anjos que dormem no mar!

Que dormem, que sonham... e o vento dos céus
Vem tépido, à noite, nos seios beijar!...
São meigos anjinhos, são filhos de Deus,
Que ao fresco se embalam do seio do mar!

E quando nas águas os ventos suspiram,
São puros fervores de ventos e mar...
São beijos que queimam... e as noites deliram
E os pobres anjinhos estão a chorar!

Ai! quando tu sentes dos mares na flor
Os ventos e vagas gemer, palpitar...
Por que não consentes, num beijo de amor,
Que eu diga-te os sonhos dos anjos do mar?

# (TENHO UM SEIO QUE DELIRA)

I
Tenho um seio que delira
Como as tuas harmonias!
Que treme quando suspira,
Que geme como gemias!

II
Tenho músicas ardentes,
Ais do meu amor insano,
Que palpitam mais dormentes
Do que os sons do teu piano!

III
Tenho cordas argentinas
Que a noite faz acordar,
Como as nuvens peregrinas
Das gaivotas do alto mar!

IV
Como a teus dedos lindinhos
O teu piano gemeu,
Vibra-me o seio aos dedinhos
Dos anjos louros do céu!

V
Vibra à noite no mistério
Se o banha o frouxo luar,
Se passa teu rosto aéreo
No vaporoso sonhar!

VI
Como tremem teus dedinhos
O saudoso piano teu,
Vibram-me n'alma os anjinhos,
Os anjos loiros do céu!

# A CANTIGA DO SERTANEJO

*Love me, and leave me not.*
Shakespeare, *Merch. of Venice* [7]

Donzela! Se tu quiseras
Ser a flor das primaveras
Que tenho no coração:
E se ouviras o desejo
Do amoroso sertanejo
Que descora de paixão!...

Se tu viesses comigo
Das serras ao desabrigo
Aprender o que é amar...
– Ouvi-lo no frio vento,
Das aves no sentimento,
Nas águas e no luar!...

– Ouvi-lo nessa viola,
Onde a modinha espanhola
Sabe carpir e gemer!...
Que pelas horas perdidas
Tem cantigas doloridas,
Muito amor, muito doer...

Pobre amor! o sertanejo
Tem apenas seu desejo
E as noites belas do val!...
Só – o ponche adamascado,
O trabuco prateado
E o ferro de seu punhal!...

E tem – as lendas antigas
E as desmaiadas cantigas

---
7  "Me ame e não me deixe nunca". Shakespeare, Mercador de Veneza.

Que fazem de amor gemer!...
E nas noites indolentes
Bebe cânticos ardentes
Que fazem estremecer!...

Tem mais... na selva sombria
Das florestas a harmonia,
Onde passa a voz de Deus,
E nos relentos da serra
Pernoita na sua terra,
No leito dos sonhos seus!

Se tu viesses, donzela,
Verias que a vida é bela
No deserto do sertão:
Lá têm mais aroma as flores
E mais amor os amores
Que falam do coração!

Se viesses inocente
Adormecer docemente
À noite no peito meu!...
E se quisesses comigo
Vir sonhar no desabrigo
Com os anjinhos do céu!

É doce na minha terra
Andar, cismando, na serra
Cheia de aroma e de luz,
Sentindo todas as flores,
Bebendo amor nos amores
Das borboletas azuis!

Os veados da campina
Na lagoa, entre a neblina,
São tão lindos a beber!...
Da torrente nas coroas

Ao deslizar das canoas
É tão doce adormecer!...

Ah! Se viesses, donzela,
Verias que a vida é bela
No silêncio do sertão!
Ah!... morena, se quiseras
Ser a flor das primaveras
Que tenho no coração!

Junto às águas da torrente
Sonharias indolente
Como num seio d'irmã!...
– Sobre o leito de verduras
O beijo das criaturas
Suspira com mais afã!

E da noitinha as aragens
Bebem nas flores selvagens
Efluviosa fresquidão!...
Os olhos têm mais ternura
E os ais da formosura
Se embebem no coração!...

E na caverna sombria
Tem um ai mais harmonia
E mais fogo o suspirar!...
Mais fervoroso o desejo
Vai sobre os lábios num beijo
Enlouquecer, desmaiar!...
E da noite nas ternuras
A paixão tem mais venturas
E fala com mais ardor!...
E os perfumes, o luar,
E as aves a suspirar,
Tudo canta e diz – amor!

Ah! vem! amemos! vivamos!
O enlevo do amor bebamos
Nos perfumes do serão!
Ah! Virgem, se tu quiseras
Ser a flor das primaveras
Que tenho no coração!...

## (QUANDO, À NOITE, NO LEITO PERFUMADO)

*Dreams! dreams! dreams!*
W. Cowper [8]

Quando, à noite, no leito perfumado
Lânguida fronte no sonhar reclinas,
No vapor da ilusão por que te orvalha
Pranto de amor as pálpebras divinas?

E, quando eu te contemplo adormecida
Solto o cabelo no suave leito,
Por que um suspiro tépido ressona
E desmaia suavíssimo em teu peito?

Virgem do meu amor, o beijo a furto
Que pouso em tua face adormecida
Não te lembra do peito os meus amores
E a febre do sonhar de minha vida?

Dorme, ó anjo de amor! no teu silêncio
O meu peito se afoga de ternura...
E sinto que o porvir não vale um beijo
E o céu um teu suspiro de ventura!

Um beijo divinal que acende as veias,
Que de encantos os olhos ilumina,

---
8 "Sonhos! sonhos! sonhos!"

Colhido a medo, como flor da noite,
Do teu lábio na rosa purpurina...

E um volver de teus olhos transparentes,
Um olhar dessa pálpebra sombria
Talvez pudessem reviver-me n'alma
As santas ilusões de que eu vivia!

# O POETA

> *Un souvenir heureux est peut-être sur terre*
> *Plus vrai que le bonheur!* [9]
> A. de Musset

Era uma noite: – eu dormia...
E nos meus sonhos revia
As ilusões que sonhei!
E no meu lado senti...
Meu Deus! por que não morri?
Por que no sono acordei?

No meu leito adormecida,
Palpitante e abatida,
A amante de meu amor,
Os cabelos recendendo
Nas minhas faces correndo,
Como o luar numa flor!

Senti-lhe o colo cheiroso
Arquejando sequioso
E nos lábios, que entreabria
Lânguida respiração,
Um sonho do coração
Que suspirando morria!

---
9 "Na vida, uma lembrança feliz é, talvez, mais verdadeira que a felicidade!"

Não era um sonho mentido:
Meu coração iludido
O sentiu e não sonhou...
E sentiu que se perdia
Numa dor que não sabia...
Nem ao menos a beijou!

Soluçou o peito ardente,
Sentiu que a alma demente
Lhe desmaiava a tremer,
Embriagou-se de enleio,
No sono daquele seio
Pensou que ele ia morrer!

Que divino pensamento,
Que vida num só momento
Dentro do peito sentiu...
Não sei!... Dorme no passado
Meu pobre sonho doirado...
Esperança que mentiu...

Sabem as noites do céu
E as luas brancas sem véu
Os prantos que derramei!
Contem do vale as florinhas
Esse amor das noites minhas!
Elas sim... eu não direi!

E se eu tremendo, senhora,
Viesse pálido agora
Lembrar-vos o sonho meu,
Com a fronte descorada
E com a voz sufocada
Dizer-vos baixo: – Sou eu!

Sou eu! que não esqueci
A noite que não dormi,

Que não foi uma ilusão!
Sou eu que sinto morrer
A esperança de viver...
Que o sinto no coração!

Riríeis das esperanças,
Das minhas loucas lembranças,
Que me desmaiam assim?
Ou então, de noite, a medo
Chorariéis em segredo
Uma lágrima por mim?

## (FUI UM DOIDO EM SONHAR TANTOS AMORES...)

> Dorme, meu coração! Em paz esquece
> Tudo, tudo que amaste neste mundo!
> Sonho falaz de tímida esperança
> Não interrompa teu dormir profundo!
> Tradução do dr. Octaviano

Fui um doido em sonhar tantos amores...
    Que loucura, meu Deus!
Em expandir-lhe aos pés, pobre insensato,
    Todos os sonhos meus!

E ela, triste mulher, ela tão bela,
    Dos seus anos na flor,
Por que havia de sagrar pelos meus sonhos
    Um suspiro de amor?

Um beijo – um beijo só! eu não pedia
    Senão um beijo seu
E nas horas do amor e do silêncio
    Juntá-la ao peito meu!

## [FOI MAIS UMA ILUSÃO! DE MINHA FRONTE]

Foi mais uma ilusão! de minha fronte
    Rosa que desbotou
Uma estrela de vida e de futuro
    Que riu... e desmaiou!

Meu triste coração, é tempo, dorme,
    Dorme no peito meu!
Do último sonho despertei e n'alma
    Tudo! tudo morreu!

Meus Deus! por que sonhei e assim por ela
    Perdi a noite ardente...
Se devia acordar dessa esperança,
    E o sonho era demente?...

## (EU NADA LHE PEDI: OUSEI APENAS)

Eu nada lhe pedi: ousei apenas
    Junto dela, à noitinha,
Nos meus delírios apertar tremendo
    A sua mão na minha!

Adeus, pobre mulher! no meu silêncio
    Sinto que morrerei...
Se rias desse amor que te votava,
    Deus sabe se te amei!

Se te amei! se minha alma só queria
    Pela tua viver,
No silêncio do amor e da ventura
    Nos teus lábios morrer!

## (MAS VOTA AO MENOS NO LEMBRAR SAUDOSO)

Mas vota ao menos no lembrar saudoso
    Um ai ao sonhador...
Deus sabe se te amei!... Não te maldigo,
    Maldigo o meu amor!...

Mas não... inda uma vez... Não posso ainda
    Dizer o eterno adeus
E a sangue frio renegar dos sonhos
    E blasfemar de Deus!

Oh! Fala-me de amor!... – eu quero crer-te
    Um momento sequer...
E esperar na ventura e nos amores,
    Num olhar de mulher!

## (QUANDO FALO CONTIGO, NO MEU PEITO)

    Só um olhar por compaixão te peço,
    Um olhar.... mas bem lânguido, bem terno

    Quero um olhar que me arrebate o siso,
    Me queime o sangue, m'escureça os olhos,
    Me torne delirante!
        Almeida Freitas

    Sur votre main jamais votre front ne se pose,
    Brûlant, chargé d'ennuis, ne pouvant soutenir
    Le poids d'un douloureux et cruel souvenir;
    Votre coeur virginal en lui-même repose. [10]
        Th. Gautier

---

10  "Jamais nas mãos tua cabeça pousa febril, vergada ao peso dos desgostos da memória cruel e dolorosa. Teu puro coração em si repousa."

> *Ricorditi di me* [11]
> Dante, Purgatório

Quando falo contigo, no meu peito
Esquece-me esta dor que me consome:
Talvez corre o prazer nas fibras d'alma:
E eu ouso ainda murmurar teu nome!

Que existência, mulher! se tu souberas
A dor de coração do teu amante,
E os ais que pela noite, no silêncio,
Arquejam no seu peito delirante!

E quanto sofre e padeceu... e a febre
Como seus lábios desbotou na vida...
E sua alma cansou na dor convulsa
E adormeceu na cinza consumida!

Talvez terias dó da mágoa insana
Que minh'alma votou ao desalento...
E consentirás, ó virgem dos amores,
Descansar-me no seio um só momento!

Sou um doudo talvez de assim amar-te,
De murchar minha vida no delírio...
Se nos sonhos de amor nunca tremeste,
Sonhando meu amor e meu martírio...

– E não pude, febril e de joelhos,
Com a mente abrasada e consumida,
Contar-te as esperanças do meu peito
E as doces ilusões de minha vida!

Oh! quando eu te fitei, sedento e louco,
Teu olhar que meus sonhos alumia,

---
11 "Lembra-te de mim."

Eu não sei se era vida o que minh'alma
Enlevava de amor e adormecia!

Oh! nunca em fogo teu ardente seio
A meu peito juntei que amor definha!
A furto apenas eu senti medrosa
Tua gélida mão tremer na minha!...

Tem pena, anjo de Deus! deixa que eu sinta
Num beijo esta minh'alma enlouquecer
E que eu viva de amor nos teus joelhos
E morra no teu seio o meu viver!

Sou um doudo, meu Deus! mas no meu peito
Tu sabes se uma dor, se uma lembrança
Não queria calar-se a um beijo dela,
Nos seios dessa pálida criança!

Se num lânguido olhar no véu de gozo
Os olhos de Espanhola a furto abrindo
Eu não tremia... o coração ardente
No peito exausto remoçar sentindo!

Se no momento efêmero e divino
Em que a virgem pranteia desmaiando
E a c'roa virginal a noiva esfolha,
Eu queria a seus pés morrer chorando!

Adeus! Rasgou-se a página saudosa
Que teu porvir de amor no meu fundia,
Gelou-se no meu sangue moribundo
Essa gota final de que eu vivia!

Adeus, anjo de amor! tu não mentiste!
Foi minha essa ilusão e o sonho ardente:
Sinto que morrerei... tu, dorme e sonha
No amor dos anjos, pálido inocente!

Mas um dia... se a nódoa da existência
Murchar teu cálix orvalhoso e cheio,
Flor que respirei, que amei sonhando,
Tem saudade de mim, que eu te pranteio!

## NA MINHA TERRA

*Laisse-toi donc aimer! Oh! l'amour c'est la vie!*
*C'est tout ce qu'on regrette et tout ce qu'on envie,*
*Quand on voit sa jeunesse au couchant décliner!*

*La beauté c'est le front, l'amour c'est la couronne:*
*Laisse-toi couronner!* [12]
V. Hugo

**I**
Amo o vento da noite sussurrante
    A tremer nos pinheiros
E a cantiga do pobre caminhante
    No rancho dos tropeiros;

E os monótonos sons de uma viola
    No tardio verão,
E a estrada que além se desenrola
    No véu da escuridão;

A restinga d'areia onde rebenta
    O oceano a bramir,
Onde a lua na praia macilenta
    Vem pálida luzir;

E a névoa e flores e o doce ar cheiroso
    Do amanhecer na serra,

---

12 "Não deixa então de amar! O amor é vida! / É tudo o que se chora e tudo o que se inveja, / Quando a mocidade, aos poucos, vai morrendo. / A fronte é a beleza, o amor é a coroa. / Deixa-te coroar!"

E o céu azul e o manto nebuloso
    Do céu de minha terra;

E o longo vale de florinhas cheio
    E a névoa que desceu,
Como véu de donzela em branco seio,
    As estrelas do céu.

## II
Não é mais bela, não, a argêntea praia
    Que beija o mar do sul,
Onde eterno perfume a flor desmaia
    E o céu é sempre azul;

Onde os serros fantásticos roxeiam
    Nas tardes de verão
E os suspiros nos lábios incendeiam
    E pulsa o coração!

Sonho da vida que doirou e azula
    A fada dos amores,
Onde a mangueira ao vento que tremula
    Sacode as brancas flores...

E é saudoso viver nessa dormência
    Do lânguido sentir,
Nos enganos suaves da existência
    Sentindo-se dormir...

Mais formosa não é, não doire embora
    O verão tropical
Com seus rubores... a alvacenta aurora
    Da montanha natal...

Nem tão doirada se levante a lua
    Pela noite do céu,

Mas venha triste, pensativa e nua
    Do prateado véu...

Que me importa? se as tardes purpurinas
    E as auroras dali
Não deram luz às diáfanas cortinas
    Do leito onde eu nasci?

Se adormeço tranquilo no teu seio
    E perfuma-se a flor,
Que Deus abriu no peito do poeta,
    Gotejante de amor?

Minha terra sombria, és sempre bela,
    Inda pálida a vida
Como o sono inocente da donzela
    No deserto dormida!

No italiano céu nem mais suaves
    São da noite os amores,
Não tem mais fogo o cântico das aves
    Nem o vale mais flores!

## III
Quando o gênio da noite vaporosa
    Pela encosta bravia
Na laranjeira em flor toda orvalhosa
    De aroma se inebria...

No luar junto à sombra recendente
    De um arvoredo em flor,
Que saudades e amor que influi na mente
    Da montanha o frescor!

E quando, à noite no luar saudoso
    Minha pálida amante

Ergue seus olhos úmidos de gozo
    E o lábio palpitante...

Cheia da argêntea luz do firmamento,
    Orando por seu Deus,
Então... eu curvo a fronte ao sentimento
    Sobre os joelhos seus...

E quando sua voz entre harmonias
    Sufoca-se de amor
E dobra a fronte bela de magias
    Como pálida flor...

E a alma pura nos seus olhos brilha
    Em desmaiado véu,
Como de um anjo na cheirosa trilha
    Respiro o amor do céu!

Melhor a viração uma por uma
    Vem as folhas tremer,
E a floresta saudosa se perfuma
    Da noite no morrer...

E eu amo as flores e o doce ar mimoso
    Do amanhecer da serra
E o céu azul e o manto nebuloso
    Do céu da minha terra!

# ITÁLIA

*Ao meu amigo o Conde de Fé.*
*Veder Napoli e poi morir.*[13]

---

13 1 "Ver Nápoles e depois morrer".

**I**
Lá na terra da vida e dos amores
Eu podia viver inda um momento...
Adormecer ao sol da primavera
Sobre o colo das virgens de Sorrento!

Eu podia viver – e porventura
Nos luares do amor amar a vida,
Dilatar-se minh'alma como o seio
Do pálido Romeu na despedida!

Eu podia na sombra dos amores
Tremer num beijo o coração sedento...
Nos seios da donzela delirante
Eu podia viver inda um momento!

Ó anjo de meu Deus! se nos meus sonhos
Não mentia o reflexo da ventura,
E se Deus me fadou nesta existência
Um instante de enlevo e de ternura...

Lá entre os laranjais, entre os loureiros,
Lá onde a noite seu aroma espalha,
Nas longas praias onde o mar suspira
Minh'alma exalarei no céu da Itália!

Ver a Itália e morrer!... Entre meus sonhos
Eu vejo-a de volúpia adormecida...
Nas tardes vaporentas se perfuma
E dorme, à noite, na ilusão da vida!

E, se eu devo expirar nos meus amores,
Nuns olhos de mulher amor bebendo,
Seja aos pés da morena Italiana,
Ouvindo-a suspirar, inda morrendo.

Lá na terra da vida e dos amores
Eu podia viver inda um momento,
Adormecer ao sol da primavera
Sobre o colo das virgens de Sorrento!

II
A Itália! sempre a Itália delirante!
E os ardentes saraus, e as noites belas!
A Itália do prazer, do amor insano,
Do sonho fervoroso das donzelas!

E a gôndola sombria resvalando
Cheia de amor, de cânticos e flores...
E a vaga que suspira à meia-noite
Embalando o mistério dos amores!

Ama-te o sol, ó terra da harmonia,
Do levante na brisa te perfumas:
Nas praias de ventura e primavera
Vai o mar estender seu véu d'escumas!

Vai a lua sedenta e vagabunda
O teu berço banhar na luz saudosa,
As tuas noites estrelar de sonhos
E beijar-te na fronte vaporosa!

Pátria do meu amor! terra das glórias
Que o gênio consagrou, que sonha o povo...
Agora que murcharam teus loureiros
Fora doce em teu seio amar de novo...

Amar tuas montanhas e as torrentes
E esse mar onde boia alcion dormindo,
Onde as ilhas se azulam no ocidente,
Como nuvens à tarde se esvaindo...

Aonde à noite o pescador moreno
Pela baía no batel se escoa...
E murmurando, nas canções de Armida,
Treme aos fogos errantes da canoa...

Onde amou Rafael, onde sonhava
No seio ardente da mulher divina,
E talvez desmaiou no teu perfume
E suspirou com ele a Fornarina...

E juntos, ao luar, num beijo errante
Desfolhavam os sonhos da ventura
E bebiam na lua e no silêncio
Os eflúvios de tua formosura!

Ó anjo de meu Deus, se nos meus sonhos
A promessa do amor me não mentia,
Concede um pouco ao infeliz poeta
Uma hora da ilusão que o embebia!

Concede ao sonhador, que tão-somente
Entre delírios palpitou d'enleio,
Numa hora de paixão e de harmonia
Dessa Itália do amor morrer no seio!
Oh! na terra da vida e dos amores
Eu podia sonhar inda um momento,
Nos seios da donzela delirante
Apertar o meu peito macilento

*Maio, 1851, S. Paulo*

# A T...

*No amor basta uma noite para fazer*
*de um homem um Deus.*
Propércio

Amoroso palor meu rosto inunda,
Mórbida languidez me banha os olhos,
Ardem sem sono as pálpebras doridas,
Convulsivo tremor meu corpo vibra...
Quanto sofro por ti! Nas longas noites
Adoeço de amor e de desejos...
E nos meus sonhos desmaiando passa
A imagem voluptuosa da ventura:
Eu sinto-a de paixão encher a brisa,
Embalsamar a noite e o céu sem nuvens;
E ela mesma suave descorando
Os alvacentos véus soltar do colo,
Cheirosas flores desparzir sorrindo
    Da mágica cintura.
Sinto na fronte pétalas de flores,
Sinto-as nos lábios e de amor suspiro...
Mas flores e perfumes embriagam...
E no fogo da febre, e em meu delírio
Embebem na minh'alma enamorada
    Delicioso veneno.

Estrela de mistério! em tua fronte
Os céus revela e mostra-me na terra,
Como um anjo que dorme, a tua imagem
E teus encantos, onde amor estende
Nessa morena tez a cor de rosa.
Meu amor, minha vida, eu sofro tanto!
O fogo de teus olhos me fascina,
O langor de teus olhos me enlanguece,
Cada suspiro que te abala o seio
Vem no meu peito enlouquecer minh'alma!

Ah! vem, pálida virgem, se tens pena
De quem morre por ti, e morre amando,
Dá vida em teu alento à minha vida,
Une nos lábios meus minh'alma à tua!
Eu quero ao pé de ti sentir o mundo
Na tu'alma infantil; na tua fronte
Beijar a luz de Deus; nos teus suspiros
Sentir as virações do paraíso...
E a teus pés, de joelhos, crer ainda
Que não mente o amor que um anjo inspira,
Que eu posso na tu'alma ser ditoso,
Beijar-te nos cabelos soluçando
E no teu seio ser feliz morrendo!

*Dezembro, 1851*

## CREPÚSCULO DO MAR

*Que rêves-tu plus beau sur ces lointaines plages*
*Que cette chaste mer qui baigne nos rivages?*
*Que ces mornes couverts de bois silencieux,*
*Autels d'où nos parfurns s'élèvent dans les cieux?* [14]
            Lamartine

No céu brilhante do poente em fogo
Com auréola ardente o sol dormia,
Do mar doirado nas vermelhas ondas
    Purpúreo se escondia.

Como da noite o bafo sobre as águas
Que o reflexo da tarde incendiava,
Só a ideia de Deus e do infinito
    No oceano boiava!

---

[14] "Nessas praias, que sonhas de mais belo / Que o mar puro que banha nossas margens? / Ou que as mornas e plácidas ramagens, / Aras de onde sobem aos céus nossos perfumes?"

Como é doce viver nas longas praias
Nestas ondas e sol e ventania!
Como ao triste cismar encanto aéreo
    Nas sombras preludia!

O painel luminoso do horizonte
Como as cândidas sombras alumia
Dos fantasmas de amor que nós amamos
    Na ventura de um dia!

Como voltam gemendo e nebulosas,
Brancas as roupas, desmaiado o seio,
Inda uma vez a murmurar nos sonhos
    As palavras do enleio!...

Aqui nas praias, onde o mar rebenta
E a escuma no morrer os seios rola,
Virei sentar-me no silêncio puro
    Que o meu peito consola!
Sonharei... lá enquanto, no crepúsculo,
Como um globo de fogo o sol se abisma
E o céu lampeja no clarão medonho
    De negro cataclisma...

Enquanto a ventania se levanta
E no ocidente o arrebol se ateia
No cinábrio do empíreo derramando
    A nuvem que roxeia...

Hora solene das ideias santas
Que embala o sonhador nas fantasias,
Quando a taça do amor embebe os lábios
    Do anjo das utopias!

Oceano de Deus! Que moribundo,
A cantiga do nauta mais sentida

Tão triste suspirou nas tuas ondas,
　　Como um adeus à vida?

Que nau cheia de glória e d'esperanças,
Floreando ao vento a rúbida bandeira,
Na luz do incêndio rebentou bramindo
　　Na vaga sobranceira?

Por que ao sol da manhã e ao ar da noite
Essa triste canção, eterna, escura,
Como um treno de sombra e de agonia,
　　Nos teus lábios murmura?

É vermelho de sangue o céu da noite,
Que na luz do crepúsculo se banha:
Que planeta do céu do roto seio
　　Golfeja luz tamanha?

Que mundo em fogo foi bater correndo
Ao peito de outro mundo; – e uma torrente
De medonho clarão rasgou no éter
　　E jorra sangue ardente?
Onde as nuvens do céu voam dormindo,
Que doirada mansão de aves divinas
Num véu purpúreo se enlutou rolando
　　Ao vento das ruínas?

# CREPÚSCULO NAS MONTANHAS

*Pálida estrela, casto olhar da noite,*
*diamante luminoso na fronte azul do*
*crepúsculo, o que vês na planície?*
Ossian

I
Além serpeia o dorso pardacento
    Da longa serrania,
Rubro flameia o véu sanguinolento
    Da tarde na agonia.

No cinéreo vapor o céu desbota
    Num azulado incerto,
No ar se afoga desmaiando a nota
    Do sino do deserto...

Vim alentar meu coração saudoso
    No vento das campinas,
Enquanto nesse manto lutuoso
    Pálida te reclinas

E morre em teu silêncio, ó tarde bela,
    Das folhas o rumor...
E late o pardo cão que os passos vela
    Do tardio pastor!

II
Pálida estrela! o canto do crepúsculo
    Acorda-te no céu:
Ergue-te nua na floresta morta
    Do teu doirado véu!
Ergue-te!... eu vim por ti e pela tarde
    Pelos campos errar,
Sentir o vento, respirando a vida
    E livre suspirar.

É mais puro o perfume das montanhas
    Da tarde no cair...
Quando o vento da noite agita as folhas
    É doce o teu luzir!

Estrela do pastor, no véu doirado
    Acorda-te na serra,
Inda mais bela no azulado fogo
    Do céu da minha terra!

## III
Estrela d'oiro, no purpúreo leito
    Da irmã da noite, branca e peregrina
No firmamento azul derramas dia
    Que as almas ilumina!

Abre o seio de pérola, transpira
    Esse raio de luz que a mente inflama!
Esse raio de amor que ungiu meus lábios
    No meu peito derrama!

## IV

> *Lo bel pianeta he ad amar conforta*
> *Faceva tutto rider l'oriente* [15]
>     Dante, *Purgatório*

Estrelinhas azuis do céu vermelho,
Lágrimas d'oiro sobre o véu da tarde,
Que olhar celeste em pálpebra divina
    Vos derramou tremendo?

Quem, à tarde, crisólitas ardentes,
Estrelas brancas, vos sagrou saudosas
Da fronte dela na azulada c'roa
    Como auréola viva?

---
15 "O belo planeta, que o amor conforta / Fazia resplandecer o oriente inteiro."

Foram anjos de amor, que vagabundos
Com saudades do céu vagam gemendo
E as lágrimas de fogo dos amores
    Sobre as nuvens pranteiam?

Criaturas da sombra e do mistério,
Ou no purpúreo céu doureis a tarde,
Ou pela noite cintileis medrosas,
    Estrelas, eu vos amo!

E quando, exausto o coração no peito
Do amor nas ilusões espera e dorme,
Diáfanas vindes-lhe doirar na mente
    A sombra da esperança!

Oh! quando o pobre sonhador medita
Do vale fresco no orvalhado leito
Inveja às águias o perdido voo
Para banhar-se no perfume etéreo...
E, nessa argêntea luz, no mar de amores
Onde entre sonhos e luar divino
A mão do Eterno vos lançou no espaço,
    Respirar e viver!

# DESALENTO

*Por que havíeis passar tão doces dias?*
A. F. de Serpa Pimentel

Feliz daquele que no livro d'alma
    Não tem folhas escritas
E nem saudade amarga, arrependida,
    Nem lágrimas malditas!

Feliz daquele que de um anjo as tranças
    Não respirou sequer
E nem bebeu eflúvios descorando
    Numa voz de mulher...

E não sentiu-lhe a mão cheirosa e branca
    Perdida em seus cabelos,
Nem resvalou do sonho deleitoso
    A reais pesadelos...

Quem nunca te beijou, flor dos amores,
    Flor do meu coração,
E não pediu frescor, febril e insano
    Da noite à viração!

Ah! feliz quem dormiu no colo ardente
    Da huri dos amores,
Que sôfrego bebeu o orvalho santo
    Das perfumadas flores...

E pôde vê-la morta ou esquecida
    Dos longos beijos seus,
Sem blasfemar das ilusões mais puras
    E sem rir-se de Deus!

Mas, nesse doloroso sofrimento
    Do pobre peito meu,
Sentir no coração que à dor da vida
    A esperança morreu!...

Que me resta, meu Deus? aos meus suspiros
    Nem geme a viração...
E dentro, no deserto do meu peito,
    Não dorme o coração!

# PÁLIDA INOCÊNCIA

*Cette image du cíel – innocence et beauté!* [16]
                                    Lamartine

Por que, pálida inocência,
Os olhos teus em dormência
A medo lanças em mim?
No aperto de minha mão
Que sonho do coração
Tremeu-te os seios assim?

E tuas falas divinas
Em que amor lânguida afinas
Em que lânguido sonhar?
E dormindo sem receio
Por que geme no teu seio
Ansioso suspirar?

Inocência! quem dissera
De tua azul primavera
As tuas brisas de amor!
Oh! quem teus lábios sentira
E que trêmulo te abrira
Dos sonhos a tua flor!

Quem te dera a esperança
De tua alma de criança,
Que perfuma teu dormir!
Quem dos sonhos te acordasse,
Que num beijo t'embalasse
Desmaiada no sentir!

Quem te amasse! e um momento
Respirando o teu alento

---
16  "Essa imagem do céu – inocência e beleza!"

Recendesse os lábios seus!
Quem lera, divina e bela,
Teu romance de donzela
Cheio de amor e de Deus!

## SONETO

Pálida, a luz da lâmpada sombria,
Sobre o leito de flores reclinada,
Como a lua por noite embalsamada,
Entre as nuvens do amor ela dormia!

Era a virgem do mar! na escuma fria
Pela maré das águas embalada...
– Era um anjo entre nuvens d'alvorada
Que em sonhos se banhava e se esquecia!

Era mais bela! o seio palpitando...
Negros olhos as pálpebras abrindo...
Formas nuas no leito resvalando...

Não te rias de mim, meu anjo lindo!
Por ti – as noites eu velei chorando
Por ti – nos sonhos morrerei sorrindo!

# ANIMA MEA

*E como a vida é bela e doce e amável!*
*Não presta o espinhal a sombra ao leito*
*Do pastor do rebanho vagaroso,*
*Melhor que as sedas do lençol noturno*
*Onde o pávido rei dormir não pode?*
Shakespeare, *Henrique VI*, 3ª p.

Quando nas sestas do verão saudoso
A sombra cai nos laranjais do vale,
Onde o vento adormece e se perfuma...
E os raios d'oiro, cintilando vivos,
Como chuva encantada se gotejam
Nas folhas do arvoredo recendente,
Parece que de afã dorme a natura
E as aves silenciosas se mergulham
No grato asilo da cheirosa sombra.

E que silêncio então pelas campinas!...
A flor aberta na manhã mimosa
E que os estos do sol d'estio murcham
Cerra as folhas doridas e procura
Da grama no frescor doentio leito.
É doce então das folhas no silêncio
Penetrar o mistério da floresta,
Ou reclinado à sombra da mangueira
Um momento dormir, sonhar um pouco!
Ninguém que turve os sonhos de mancebo,
Ninguém que o indolente adormecido
Roube das ilusões que o acalentam
E do mole dormir o chame à vida!

E é tão doce dormir! é tão suave
Da modorra no colo embalsamado
Um momento tranquilo deslizar-se!
Criaturas de Deus se peregrinam

Invisíveis na terra, consolando
As almas que padecem... certamente
Que são anjos de Deus que aos seios tomam
A fronte do poeta que descansa!

Ó florestas! ó relva amolecida,
A cuja sombra, em cujo doce leito
É tão macio descansar nos sonhos!
Arvoredos do vale! derramai-me
Sobre o corpo estendido na indolência
O tépido frescor e o doce aroma!
E quando o vento vos tremer nos ramos
E sacudir-vos as abertas flores
Em chuva perfumada, concedei-me
Que encham meu leito, minha face, a relva...
Onde o mole dormir a amor convida!

E tu, Ilná, vem pois! deixa em teu colo
Descanse teu poeta: é tão divino
Sorver as ilusões dos sonhos ledos,
Sentindo à brisa teus cabelos soltos
Meu rosto encherem de perfume e gozo!

Tudo dorme, não vês? dorme comigo,
Pousa na minha tua face bela
E o pálido cetim da tez morena...
Fecha teus olhos lânguidos... no sono
Quero sentir os túmidos suspiros
No teu seio arquejar, morrer nos lábios...
E no sono teu braço me enlaçando!

Ó minha noiva, minha doce virgem,
No regaço da bela natureza,
Anjo de amor, reclina-te e descansa!
Neste berço de flores tua vida
Límpida e pura correrá na sombra,
Como gota de mel em cálix branco
Da flor das selvas que ninguém respira.

Além, além nas árvores tranquilas
Uma voz acordou como um suspiro...
São ais sentidos de amorosa rola
Que nos beijos de amor palpita e geme?
Ah! nem tão doce a rola suspirando
Modula seus gemidos namorados,
Não trina assim tão longa e molemente...
Em argentinas pérolas o canto
Se exala como as notas expirantes
De uma alma de mulher que chora e canta...

É a voz do sabiá: ele dormia
Ebrioso de harmonia e se embalava
No silêncio, na brisa e nos eflúvios
Das flores de laranja... Ilná, ouviste?
É o canto saudoso da esperança,
É dos nossos amores a cantiga
Que o aroma que exalam teus cabelos,
Tua lânguida voz... talvez lhe inspiram!

Vem, Ilná, dá-me um beijo: adormeçamos...
A cantilena do sabiá sombrio
Encanta as ilusões, afaga o sono...
Ó! minha pensativa, descuidosa,
Eu sinto a vida bela em teu regaço,
Sinto-a bela nas horas do silêncio
Quando em teu colo me reclino e durmo...
E ainda os sonhos meus vivem contigo!

Ah! vem, ó minha Ilná: sei harmonias
Que a noite ensina ao violão saudoso
E que a lua do mar influi na mente;
E quando eu vibro as cordas tremulosas,
Como alma de donzela que respira,
Coa nas vibrações tanta saudade,
Tanto sonho de amor esvaecido...
Que o terno coração acorda e geme
E os lábios do poeta inda suspiram!

Anjo do meu amor! se os ais da virgem
Têm doçuras, têm lágrimas divinas,
É quando, no silêncio e no mistério,
Sobre o peito do amante se derramam
No sufocado alento os moles cantos...
– Cantos de amor, de sede e d'esperanças
Que nos lábios febris lhe afoga um beijo!

Ouves, Ilná?... meu violão palpita:
Quero lembrar um cântico de amores...
Fora doce ao poeta, teu amante,
Nos ais ardentes das maviosas fibras
Ouvir os teus alentos de mistura
E as moles vibrações da cantilena
Este meu peito remoçar um pouco!
Virgem do meu amor vem dar-me ainda
Um beijo! um beijo longo, transbordando
De mocidade e vida; e nos meus sonhos
Minh'alma acordará – sopro errabundo
Da alma da virgem tremerá meus seios...
E a doce aspiração dos meus amores
No condão da harmonia há de embalar-se!

## A HARMONIA

Meu Deus! se às vezes, na passada vida,
Eu tive sensações que emudeciam
Essa descrença que me dói na vida
E, como orvalho que a manhã vapora,
Em seus raios de luz a Deus me erguiam
Foi quando às vezes a modinha doce
Ao sol de minha terra me embalava
E quando as árias de Bellini pálido
Em lábios de Italiana estremeciam!

Ó santa Malibran! fora tão doce
Pelas noites suaves do silêncio
Nas lágrimas de amor, nos teus suspiros,
Na agonia de um beijo, ouvir gemendo
Entre meus sonhos tua voz divina!

Ó Paganini! quando moribundo
Inda a rabeca ao peito comprimias,
Se o hálito de Deus, essa alma d'anjo
Que das fibras do peito cavernoso
Arquejava nas cordas entornando
Murmúrios d'esperança e de ventura,
Se a alma de teu viver roçou passando
Nalgum lábio sedento de poesia,
Numa alma de mulher adormecida,
Se algum seio tremeu ao concebê-lo...
Esse alento de vida e de futuro
– Foi o teu seio, Malibran divina!

Ah! se nunca te ouvi, se teus suspiros,
Desdêmona sentida e moribunda,
Nunca pude beber no teu exílio...
Nos sonhos virginais senti ao menos
Tua pálida sombra vaporosa
Nesta fronte que a febre encandecera
Depor um beijo, suspirar passando!

Meu Deus! e, outrora, se um momento a vida
De poesia orvalhou meus pobres sonhos,
Foi nuns suspiros de mulher saudosa,
Foi abatida, a forma desmaiada,
Uma pobre infeliz que descorando
Fazia os prantos meus correr-me aos olhos!

Pobre! pobre mulher! esses mancebos
Que choravam por ti... quando gemias,
Quando sentias a tua alma ardente

No canto esvaecer, pálida e bela,
E teu lábio afogar entre harmonias
– Almas que de tua alma se nutriam!
Que davam-te seus sonhos, e amorosas
Desfolhavam-te aos pés a flor da vida...
Ai quantas não sentiste palpitantes,
Nem ousando beijar teu véu d'esposa,
Nas longas noites nem sonhar contigo!

E hoje riem de ti! da criatura
Que insana profanou as asas brancas!...
Que num riso sem dó, uma por uma,
Na torrente fatal soltava rindo,
E as sentia boiando solitárias...
As flores da coroa, como Ofélia!...
Que iludida do amor vendeu a glória
E deu seu colo nu a beijo impuro...
Eles riem de ti!... mas eu, coitada,
Pranteio teu viver e te perdoo.

Fada branca de amor, que sina escura
Manchou no teu regaço as roupas santas?
Por que deixavas encostada ao seio
A cabeça febril do libertino?
Por que descias das regiões doiradas
E lançavas ao mar a rota lira
Para vibrar tua alma em lábios dele?
Por que foste gemer na orgia ardente
A santa inspiração de teus poetas...
Perder teu coração em vis amores?
Anjo branco de Deus, que sina escura
Manchou no teu regaço as roupas santas?

Pálida Italiana! hoje esquecida.
O escárnio do plebeu murchou teus louros!
Tua voz se cansou nos ditirambos...
E tu não voltas com as mãos na lira

Vibrar nos corações as cordas virgens
E ao gênio adormecido em nossas almas
Na fronte desfolhar tuas coroas!

## VIDA

*Oh! laisse-moi t'aimer pour que j'aime la vie!*
*Pour ne point au bonheur dire un dernier adieu*
*Pour ne point blasphémer les biens que l'homme envie*
*Et pour ne pas douter de Dieu!* [17]
Alexandre Dumas

### I

Oh! fala-me de ti! eu quero ouvir-te
    Murmurar teu amor...
E nos teus lábios perfumar do peito
    Minha pálida flor.

De tua carta nas queridas folhas
    Eu sinto-me viver...

E as páginas do amor sobre meu peito
    Fazem-me estremecer!

E, quando, à noite, delirante durmo,
    Deito-as no peito meu...
Nos delíquios de amor, ó minha amante,
    Eu sonho o seio teu...

A alma que as inspirou, que lhes deu vida
    E o fogo da paixão...
E derramou as notas doloridas
    Do virgem coração!

---

17 "Deixa-me te amar pra que eu possa amar a vida! / Pra que nunca à felicidade eu dê adeus, / Jamais blasfeme sobre os bens que o homem inveja / Ou venha, algum dia, a duvidar de Deus!"

Eu quero-as no meu peito, como sonho
    Teu seio de donzela,
Para sonhar contigo o céu mais puro
    E a esperança mais bela!

## II
A nós a vida em flor, a doce vida
    Recendente de amor,
Cheia de sonhos, d'esperança e beijos
    E pálido langor...

A tua alma infantil junto da minha
    No fervor do desejo,
Nossos lábios ardentes descorando
    Comprimidos num beijo...

E as noites belas de luar e a febre
Da vida juvenil...
    E este amor que sonhei, que só me alenta
    No teu colo infantil!

## III
Vem comigo ao luar: amemos juntos
    Neste vale tranquilo...
De abertas flores e caídas folhas...
    No perfumado asilo.

Aqui somente a rola da floresta
    Das sestas ao calor
O tremer sentirá dos longos beijos...
    E verá teu palor.

À noite encostarei a minha fronte
    No virgem colo teu;
Terei por leito o vale dos amores,
    Por tenda o azul do céu!

E terei tua imagem mais formosa
    Nas vigílias do val:
– Será da vida meu suave aroma
    Teu lírio virginal.

## IV

Que importa que o anátema do mundo
    Se eleve contra nós,
Se é bela a vida num amor imenso
    Na solidão – a sós?

Se nós teremos o cair da tarde
    E o frescor da manhã:
E tu és minha mãe e meus amores
    E minh'alma de irmã?

Se teremos a sombra onde se esfolham
    As flores do retiro...
E a vida além de ti – a vida inglória –
    Não me vale um suspiro?

Bate a vida melhor dentro do peito
    Do campo na tristeza
E o aroma vital, ali, do seio
    Derrama a natureza...

E, aonde as flores no deserto dormem
    Com mais viço e frescor,
Abre linda também a flor da vida
    Da lua no palor.

# C...

*Oh! não tremas! que este olhar, este abraço te digam quanto é inefável – o de abandono sem receio, os inebriamentos de uma voluptuosidade que deve ser eterna.*
Goethe, *Fausto*

Sim! coroemos as noites
Com as rosas do himeneu...
Entre flores de laranja
Serás minha e serei teu!

Sim! quero em leito de flores
Tuas mãos dentro das minhas...
Mas os círios dos amores
Sejam só as estrelinhas.

Por incenso os teus perfumes,
Suspiros por oração
E por lágrimas... somente
As lágrimas da paixão!

Dos véus da noiva só tenhas
Dos cílios o negro véu...
Basta do colo o cetim
Para as Madonas do céu!
Eu soltarei-te os cabelos...
Quero em teu colo sonhar...
Hei de embalar-te... do leito
Seja lâmpada o luar!

Sim!... coroemos as noites
Da laranjeira co'a flor...
Adormeçamos num templo
– Mas seja o templo do amor.

É doce amar como os anjos
Da ventura no himeneu:
Minha noiva, ou minh'amante,
Vem dormir no peito meu!

Dá-me um beijo, abre teus olhos
Por entre esse úmido véu:
Se na terra és minha amante,
És a minh'alma no céu!

## NO TÚMULO DO MEU AMIGO
## JOÃO BAPTISTA DA SILVA PEREIRA JÚNIOR

*Epitáfio*

Perdão, meu Deus, se a túnica da vida...
Insano profanei-a nos amores!
Se da c'roa dos sonhos perfumados
Eu próprio desfolhei as róseas flores!

No vaso impuro corrompeu-se o néctar,
A argila da existência desbotou-me...
O sol de tua glória abriu-me as pálpebras,
Da nódoa das paixões purificou-me!

E quantos sonhos na ilusão da vida!
Quanta esperança no futuro ainda!
Tudo calou-se pela noite eterna...
E eu vago errante e só na treva infinda...

Alma em fogo, sedenta de infinito,
Num mundo de visões o voo abrindo,
Como o vento do mar no céu noturno
Entre as nuvens de Deus passei dormindo!

A vida é noite! o sol tem véu de sangue...
Tateia a sombra a geração descrida!...
Acorda-te, mortal! é no sepulcro

Que a larva humana se desperta à vida!

Quando as harpas do peito a morte estala,
Um treno de pavor soluça e voa...
E a nota divinal que rompe as fibras
Nas dulias angélicas ecoa!

## O PASTOR MORIBUNDO

*Cantiga de Viola*

A existência dolorida
Cansa em meu peito: eu bem sei
    Que morrerei...
Contudo da minha vida
Podia alentar-se a flor
    No teu amor!

Do coração nos refolhos
Solta um ai! num teu suspiro
    Eu respiro...
Mas fita ao menos teus olhos
Sobre os meus... eu quero-os ver
    Para morrer!

Guarda contigo a viola
onde teus olhos cantei...
    E suspirei!
Só a ideia me consola
Que morro como vivi...
    Morro por ti!

Se um dia tu'alma pura
Tiver saudades de mim,
    Meu serafim!
Talvez notas de ternura
Inspirem o doudo amor
    Do trovador!

# TARDE DE VERÃO

*Viens!...*
*Que l'arbre pénétré de parfums et de chants,*

*Et l'o,bre et le soleil, et l'onde et la verdure,*
*Et le rayonnement de toute la nature*
*Fassent épanouir comme une double fleur*
*La beauté sur ton front, et l'amour dans ton coeur!* [18]
         V. Hugo

Como cheirosa e doce a tarde expira!
De amor e luz inunda a praia bela...
E o sol já roxo e trêmulo desdobra
Um íris furta-cor na fronte dela.

Deixai que eu morra só! enquanto o fogo
Da última febre dentro em mim vacila,
Não venham ilusões chamar-me à vida,
De saudades banhar a hora tranquila!

Meu Deus! que eu morra em paz! não me coroem
De flores infecundas a agonia!
Oh! não doire o sonhar do moribundo
Lisonjeiro pincel da fantasia!

Exaurido de dor e d'esperança
Posso aqui respirar mais livremente,
Sentir ao vento dilatar-se a vida,
Como a flor da lagoa transparente!

Se ela estivesse aqui! no vale agora
Cai doce a brisa morna desmaiando:
Nos murmúrios do mar fora tão doce
Da tarde no palor viver amando!

---

18 "Vem! / Que a planta recendendo cantos e perfumes, / E a sombra e o sol e a onda e a verdura, / De toda a natureza o esplendor que ofusca / Façam desabrochar como uma dupla flor / Na fronte, a beleza, e no coração, o amor!"

Uni-la ao peito meu – nos lábios dela
Respirar uma vez, cobrando alento;
A divina visão de seus amores
Acordar o meu peito inda um momento!

Fulgura a minha amante entre meus sonhos,
Como a estrela do mar nas águas brilha,
Bebe à noite o favônio em seus cabelos
Aroma mais suave que a baunilha.

Se ela estivesse aqui! jamais tão doce
O crepúsculo o céu embelecera...
E a tarde de verão fora mais bela,
Brilhando sobre a sua primavera!

Da lânguida pupila de seus olhos
Num olhar de desdém entorna amores,
Como à brisa vernal na relva mole
O pessegueiro em flor derrama flores.

Árvore florescente desta vida,
Que amor, beleza e mocidade encantam,
Derrama no meu seio as tuas flores
Onde as aves do céu à noite cantam!

Vem! a areia do mar cobri de flores,
Perfumei de jasmins teu doce leito;
Podes suave, ó noiva do poeta,
Suspirosa dormir sobre meu peito!

Não tardes, minha vida! no crepúsculo
Ave da noite me acompanha a lira...
É um canto de amor... Meu Deus! que sonhos!
Era ainda ilusão – era mentira!

# TARDE DE OUTONO

*Un souvenir heureux est peut-être sur terre*
*Plus vrai que le bonheur.*[19]
Alfred de Musset

O POETA
Ó musa, por que vieste
E contigo me trouxeste
A vagar na solidão?
Tu não sabes que a lembrança
De meus anos de esperança
Aqui fala ao coração?

A SAUDADE
De um puro amor a lânguida saudade
É doce como a lágrima perdida,
Que banha no cismar um rosto virgem:
Volta o rosto ao passado e chora a vida.

O POETA
Não sabes o quanto dói
Uma lembrança que rói
A fibra que adormeceu?...
Foi neste vale que amei,
Que a primavera sonhei,
Aqui minh'alma viveu.

A SAUDADE
Pálidos sonhos do passado morto
É doce reviver mesmo chorando:
A alma refaz-se pura. Um vento aéreo
Parece que do amor nos vai roubando.

--------
19 "Uma bela lembrança pode estar no caminho / mais verdadeira que a felicidade."

O POETA
Eu vejo ainda a janela
Onde, à tarde, junto dela
Eu lia versos de amor...
Como eu vivia d'enleio
No bater daquele seio,
Naquele aroma de flor!

Creio vê-la inda formosa,
Nos cabelos uma rosa,
De leve a janela abrir...
Tão bela, meu Deus, tão bela!
Por que amei tanto, donzela,
Se devias me trair?

A SAUDADE
A casa está deserta. A parasita
Nas paredes estampa negra cor,
Os aposentos o ervaçal povoa,
A porta é franca... Entremos, trovador!

O POETA
Derramai-vos, prantos meus!
Dai-me mais prantos, meu Deus!
Eu quero chorar aqui...
Em que sonhos de ebriedade
No arrebol da mocidade
Eu nesta sombra dormi!
Passado, por que murchaste?
Ventura, por que passaste
Degenerando em saudade?
Do estio secou-se a fonte,
Só ficou na minha fronte
A febre da mocidade.

A SAUDADE
Sonha, poeta, sonha! Ali sentado
No tosco assento da janela antiga,
Apoia sobre a mão a face pálida,
Sorrindo – dos amores à cantiga.

O POETA
Minh'alma triste se enluta,
Quando a voz interna escuta
Que blasfema da esperança...
Aqui tudo se perdeu,
Minha pureza morreu
Com o enlevo de criança!

Ali, amante ditoso,
Delirante, suspiroso,
Eflúvios dela sorvi,
No seu colo eu me deitava...
E ela tão doce cantava!
De amor e canto vivi!

Na sombra deste arvoredo
Oh! quantas vezes a medo
Nossos lábios se tocaram!
E os seios, onde gemia
Uma voz que *amor* dizia,
Desmaiando me apertaram!

Foi doce nos braços teus,
Meu anjo belo de Deus,
Um instante do viver...
Tão doce, que em mim sentia
Que minh'alma se esvaía...
E eu pensava ali morrer!

A SAUDADE
É berço de mistério e d'harmonia

Seio mimoso de adorada amante:
A alma bebe nos sons que amor suspira
A voz, a doce voz de uma alma errante.

Tingem-se os olhos de amorosa sombra,
Os lábios convulsivos estremecem;
E a vida foge ao peito... apenas tinge
As faces que de amor empalidecem.

Parece então que o agitar do gozo
Nossos lábios atrai a um bem divino:
Da amante o beijo é puro como as flores
E dela a voz é doce como um hino.

Dizei-o vós, dizei, ternos amantes,
Almas ardentes que a paixão palpita,
Dizei essa emoção que o peito gela
E os frios nervos num espasmo agita.

Vinte anos! como tens doirados sonhos!
E como a névoa de falaz ventura
Que se estende nos olhos do poeta
Doira a amante de nova formosura!

O POETA
Que gemer! não me enganava!
Era o anjo que velava
Minha casta solidão?
São minhas noites gozadas
E as venturas choradas
Que vibram meu coração?
É tarde, amores, é tarde:
Uma centelha não arde
Na cinza dos seios meus...
Por ela tanto chorei,
Que mancebo morrerei...
Adeus, amores, adeus!

# CANTIGA

I
Em um castelo doirado
Dorme encantada donzela...
Nasceu; e vive dormindo
– Dorme tudo junto dela.

Adormeceu-a, sonhando,
Um feiticeiro condão,
E dormem no seio dela
As rosas do coração.

Dorme a lâmpada argentina
Defronte do leito seu;
Noite a noite a lua triste
Vem espreitá-la do céu.

Voam os sonhos errantes
Do leito sob o dossel
E suspiram no alaúde
As notas do menestrel.

E no castelo, sozinha,
Dorme encantada donzela...
Nasceu; e vive dormindo
– Dorme tudo junto dela.

Dormem cheirosas, abrindo,
As roseiras em botão...
E dormem no seio dela
As rosas do coração.

II
A donzela adormecida

É a tua alma, santinha,
Que não sonha nas saudades
E nos amores da minha.

– Nos meus amores que velam
Debaixo do teu dossel
E suspiram no alaúde
As notas do menestrel.

Acorda, minha donzela,
Foi-se a lua, eis a manhã
E nos céus da primavera
É a aurora tua irmã.

Abriram no vale as flores
Sorrindo na fresquidão:
Entre as rosas da campina
Abram-se as do coração.

Acorda, minha donzela,
Soltemos da infância o véu...
Se nós morrermos num beijo,
Acordaremos no céu.

## SAUDADES

*'Tis vain to struggle – let me perish young!* [20]
Byron

Foi por ti que num sonho de ventura
A flor da mocidade consumi...
E às primaveras disse adeus tão cedo
E na idade do amor envelheci!
Vinte anos! derramei-os gota a gota
Num abismo de dor e esquecimento...

---
20  "É inútil lutar – Deixem-me morrer moço!"

De fogosas visões nutri meu peito...
Vinte anos!... sem viver um só momento!

Contudo, no passado uma esperança
Tanto amor e ventura prometia...
E uma virgem tão doce, tão divina,
Nos sonhos junto a mim adormecia!...
..........

Quando eu lia com ela... e no romance
Suspirava melhor ardente nota...
E Jocelyn sonhava com Laurence
Ou Werther se morria por Carlota...

Eu sentia a tremer e a transluzir-lhe
Nos olhos negros a alma inocentinha...
E uma furtiva lágrima rolando
Da face dela umedecer a minha!

E quantas vezes o luar tardio
Não viu nossos amores inocentes?
Não embalou-se da morena virgem
No suspirar, nos cânticos ardentes?

E quantas vezes não dormi sonhando
Eterno amor, eternas as venturas...
E que o céu ia abrir-se... e entre os anjos
Eu ia despertar em noites puras?

Foi esse o amor primeiro! requeimou-me
As artérias febris de juventude,
Acordou-me dos sonhos da existência
Na harmonia primeira do alaúde.
..........

Meu Deus! e quantas eu amei... Contudo
Das noites voluptuosas da existência
Só restam-me saudades dessas horas
Que iluminou tua alma d'inocência.

Foram três noites só... três noites belas
De lua e de verão, no val saudoso...
Que eu pensava existir... sentindo o peito
Sobre teu coração morrer de gozo.

E por três noites padeci três anos,
Na vida cheia de saudade infinda...
Três anos de esperança e de martírio...
Três anos de sofrer – e espero ainda!

A ti se ergueram meus doridos versos,
Reflexos sem calor de um sol intenso,
Votei-os à imagem dos amores
Pra velá-la nos sonhos como incenso.

Eu sonhei tanto amor, tantas venturas,
Tantas noites de febre e d'esperança...
Mas hoje o coração parado e frio,
Do meu peito no túmulo descansa.

Pálida sombra dos amores santos!
Passa quando eu morrer no meu jazigo,
Ajoelha ao luar e entoa um canto...
Que lá na morte eu sonharei contigo.

*12 de setembro, 1851.*

# ESPERANÇAS

*Oh! si elle m'eût aimé...*[21]
Alfred de Vigny, Chatterton

Se a ilusão de minh'alma foi mentida
E, leviana, da árvore da vida,
    As flores desbotei...
Se por sonhos do amor de uma donzela
Imolei meu porvir e o ser por ela
    Em prantos esgotei...

Se a alma consumi na dor que mata
E banhei de uma lágrima insensata
    A última esperança,
Oh! não me odeies, não! eu te amo ainda,
Como dos mares pela noite infinda
    A estrela da bonança!

Como nas folhas do Missal do templo
Os mistérios de Deus em ti contemplo
    E na tu'alma os sinto!
Às vezes, delirante, se eu maldigo
As esperanças que sonhei contigo,
    Perdoa-me, que minto!

Oh! não me odeies, não! eu te amo ainda,
Como do peito a aspiração infinda
    Que me influi o viver...
E como a nuvem de azulado incenso...
Como eu amo esse afeto único, imenso
    Que me fará morrer!

---

21   "Ah! se ela me tivesse amado..."

Rompeste a alva túnica luzente
Que eu doirava por ti de amor demente
E aromei de abusões...
Deste-me em troco lágrimas aspérrimas...
Ah! que morreram a sangrar misérrimas
As minhas ilusões!

Nos encantos das fadas da ventura
Podes dormir ao sol da formosura
Sempre bela e feliz!
Irmã dos anjos, sonharei contigo:
A alma a quem negaste o último abrigo
Chora... não te maldiz!

Chora – e sonha – e espera: a negra sina
Talvez no céu se apague em purpurina
Alvorada de amor...
E eu acorde no céu num teu abraço
E repouse tremendo em teu regaço
Teu pobre sonhador!

## VIRGEM MORTA

*Oh! make her a grave where the sun-beams rest,*
*When they promise a glorious morrow!*
*They'll shine o'er sleep, like a smile from the West,*
*From her own lov'd island of sorrow.* [22]
Th. Moore

Lá bem na extrema da floresta virgem,
Onde na praia em flor o mar suspira...
Lá onde geme a brisa do crepúsculo
E mais poesia o arrebol transpira...

---

22 "Que em sua lápide luzes do sol repousem / Até o ressurgir, esplendorosa aurora! / Sorriso poente, sobre seu sono brilhem / Raios daquela ilha triste que ela adora."

Nas horas em que a tarde moribunda
As nuvens roxas desmaiando corta,
No leito mole da molhada areia
Deitem o corpo da beleza morta.

Irmã chorosa a suspirar desfolhe
No seu dormir da laranjeira as flores,
Vistam-na de cetim, e o véu de noiva
Lhe desdobrem da face nos palores.

Vagueie em torno, de saudosas virgens
Errando à noite, a lamentosa turma...
E, entre cânticos de amor e de saudade,
Junto às ondas do mar a virgem durma.

Às brisas da saudade soluçantes
Aí, em tarde misteriosa e bela,
Entregarei as cordas do alaúde
E irei meus sonhos prantear por ela!


Quero eu mesmo de rosa o leito encher-lhe
E de amorosos prantos perfumá-la...
E a essência dos cânticos divinos
No túmulo da virgem derramá-la.

Que importa que ela durma descorada
E velasse o palor a cor do pejo?
Quero a delícia que o amor sonhava
Nos lábios dela pressentir num beijo.

Desbotada coroa do poeta!
Foi ela mesma quem prendeu-te flores!
Ungiu-as no sacrário de seu peito
Inda virgem do alento dos amores!...

Na minha fronte riu de ti, passando,
Dos sepulcros o vento peregrino...
Irei eu mesmo desfolhar-te agora
Da fronte dela no palor divino!...

E contudo eu sonhava! e pressuroso
Da esperança o licor sorvi sedento!
Ai! que tudo passou!... só resta agora
O sorriso de um anjo macilento!
..........

Ó minha amante, minha doce virgem,
Eu não te profanei, tu dormes pura:
No sono do mistério, qual na vida,
Podes sonhar ainda na ventura.

Bem cedo, ao menos, eu serei contigo
– Na dor do coração a morte leio...
Poderei amanhã, talvez, meus lábios
Da irmã dos anjos encostar no seio...

E tu, vida que amei! pelos teus vales
Com ela sonharei eternamente...
Nas noites junto ao mar e no silêncio,
Que das notas enchi da lira ardente!...

Dorme ali minha paz, minha esperança,
Minha sina de amor morreu com ela,
E o gênio do poeta, lira eólia
Que tremia ao alento da donzela!

Qu'esperanças, meu Deus! E o mundo agora
Se inunda em tanto sol no céu da tarde!
Acorda, coração!... Mas no meu peito
Lábio de morte murmurou: – É tarde!

É tarde! e quando o peito estremecia
Sentir-me abandonado e moribundo!?...
É tarde! é tarde! ó ilusões da vida,
Morreu com ela da esperança o mundo!...

No leito virginal de minha noiva
Quero, nas sombras do verão da vida,
Prantear os meus únicos amores,
Das minhas noites a visão perdida...

Quero ali, ao luar, sentir passando
Por alta noite a viração marinha,
E ouvir, bem junto às flores do sepulcro,
Os sonhos de su'alma inocentinha.

E quando a mágoa devorar meu peito...
E quando eu morra de esperar por ela...
Deixai que eu durma ali e que descanse,
Na morte ao menos, sobre o seio dela!

# HINOS DO PROFETA

### UM CANTO DO SÉCULO

*Spiritus meus attenuabitur, dies mei*
*Breviabuntur, et solum mihi superest sepulchrum...*[23]

Jó

Debalde nos meus sonhos de ventura
Tento alentar minha esperança morta
   E volto-me ao porvir:
A minha alma só canta a sepultura
E nem última ilusão beija e conforta
   Meu suarento dormir...

---

23 "Esvai-se o meu espírito, meus dias se extinguem, só me resta a sepultura..."

Debalde! que exauriu-me o desalento:
A flor que aos lábios meus um anjo dera
    Mirrou na solidão...
Do meu inverno pelo céu nevoento
Não se levantará nem primavera,
    Nem raio de verão!

Invejo as flores que murchando morrem,
E as aves que desmaiam-se cantando
    E expiram sem sofrer...
As minhas veias inda ardentes correm...
E na febre da vida agonizando
    Eu me sinto morrer!

Tenho febre! meu cérebro transborda...
Eu morrerei mancebo, inda sonhando
    Da esperança o fulgor...
Oh! cantemos ainda: a última corda
Inda palpita... morrerei cantando
    O meu hino de amor!

Meu sonho foi a glória dos valentes,
De um nome de guerreiro a eternidade
    Nos hinos seculares,
Foi nas praças, de sangue ainda quentes,
Desdobrar o pendão da liberdade
    Nas frontes populares!

Meu amor foi a verde laranjeira,
Cheia de sombra, à noite abrindo as flores,
    Melhor que ao meio-dia,
A várzea longa... a lua forasteira
Que pálida, como eu, sonhando amores,
    De névoa se cobria.

Meu amor foi o sol que madrugava,
O canto matinal dos passarinhos
    E a rosa predileta...
Fui um louco, meu Deus! quando tentava
Descorado e febril manchar no vinho,
    Meus louros de poeta!

Meu amor foi o sonho dos poetas
– O belo, o gênio, de um porvir liberto
    A sagrada utopia!...
E, à noite, pranteei como os profetas,
Dei lágrimas de sangue no deserto
    Dos povos à agonia!...

Meu amor!?... foi a mãe que me alentava,
Que viveu, esperou por minha vida
    E pranteia por mim...
E a sombra solitária que eu sonhava
Lânguida como vibração perdida
    De roto bandolim...

E agora o único amor!... o amor eterno,
Que no fundo do peito aqui murmura
    E acende os sonhos meus,
Que lança algum luar no meu inverno,
Que minha vida no penar apura,
    – É o amor de meu Deus!

É só no eflúvio desse amor imenso
Que a alma derrama as emoções cativas
    Em suspiros sem dor...
E no vapor do consagrado incenso
Que as sombras da esperança redivivas
    Nos beijam o palor...

Eu vaguei pela vida sem conforto,
Esperei minha amante noite e dia

E o ideal não veio...
Farto de vida, breve serei morto...
Nem poderei ao menos na agonia
    Descansar-lhe no seio...

Passei como Don Juan entre as donzelas,
Suspirei as canções mais doloridas
    E ninguém me escutou...
Oh! nunca à virgem flor das faces belas
Sorvi o mel, nas longas despedidas...
    Meu Deus! ninguém me amou!

Vivi na solidão, odeio o mundo...
E no orgulho embucei meu rosto pálido
    Como um astro nublado...
Ri-me da vida – lupanar imundo,
Onde se volve o libertino esquálido
    Na treva... profanado

Quantos hei visto desbotarem frios,
Manchados de embriaguez da orgia em meio
    Nas infâmias do vício!
E quantos morreram inda sombrios,
Sem remorso dos negros devaneios...
    Sentindo o precipício!

Quanta alma pura... e virgem menestrel,
Que adormeceu no tremedal sem fundo,
    No lodo se manchou!
Que liras estaladas no bordel!
E que poetas que perdeu o mundo
    Em Bocage e Marlowe!

Morrer! ali na sombra, na taverna,
A alma que em si continha um canto aéreo
    No peito solitário!
Sublime como a nota obscura, eterna,

Que o bronze vibra em noites de mistério
   No escuro campanário!

Ó meus amigos, deve ser terrível
Sobre as tábuas imundas, inda ebrioso,
   Na solidão morrer!
Sentir as sombras dessa noite horrível
Surgirem dentre o leito pavoroso...
   Sem um Deus para crer!

Sentir que a alma, desbotado lírio,
Dum mundo ignoto vagará chorando
   Na treva mais escura...
E o cadáver sem lágrimas, nem círio,
Na calçada da rua, desbotando,
   Não terá sepultura...

Perdoa-lhes, meu Deus! o sol da vida
Nas artérias inflama o sangue em lava
   E o cérebro varia...
O século na vaga enfurecida
Mergulha a geração que se acordava...
   E nuta de agonia.

São tristes deste século os destinos!...
Seiva mortal as flores que despontam
   Infecta em seu abrir...
E o cadafalso e a voz dos Girondinos
Não falam mais na glória e não apontam
   A aurora do porvir...

Fora belo talvez, em pé, de novo,
Como Byron, surgir, ou na tormenta
   O homem de Waterloo!
Com sua ideia iluminar um povo,
Como o trovão da nuvem que rebenta
   E o raio derramou...

Fora belo talvez sentir no crânio
A alma de Goethe e resumir na fibra
    Milton, Homero e Dante,
Sonhar-se, num delírio momentâneo,
A alma da criação e o som que vibra
    A terra palpitante...

Mas ah! o viajor nos cemitérios
Nessas nuas caveiras não escuta
    Vossas almas errantes...
Do estandarte medonho nos impérios
A morte, leviana prostituta,
    Não distingue os amantes!...

Eu, pobre sonhador! eu, terra inculta
Onde não fecundou-se uma semente,
    Convosco dormirei...
E dentre nós a multidão estulta
Não vos distinguirá a fronte ardente
    Do crânio que animei...

Ó morte! a que mistério me destinas?
Esse átomo de luz, que inda me alenta,
    Quando o corpo morrer,
Voltará amanhã!... aziagas sinas!...
À terra numa face macilenta
    Esperar e sofrer?

Meu Deus! antes, meu Deus! que uma outra vida,
Com teu braço eternal meu ser esmaga
    E minh'alma aniquila:
A estrela de verão no céu perdida
Também, às vezes, seu alento apaga
    Numa noite tranquila!...

## LÁGRIMAS DE SANGUE

*Taedet animam meam vitae meae.*[24]
Jó

Ao pé das aras, ao clarão dos círios,
Eu te devera consagrar meus dias...
    Perdão, meu Deus! perdão...
Se neguei meu Senhor nos meus delírios
E um canto de enganosas melodias
    Levou meu coração!

Só tu, só tu podias o meu peito
Fartar de imenso amor e luz infinda
    E uma saudade calma!
Ao sol de tua fé doirar meu leito
E de fulgores inundar ainda
    A aurora na minh'alma.

Pela treva do espírito lancei-me,
P'ras esperanças suicidei-me rindo...
    Sufocando-as sem dó...
No vale dos cadáveres sentei-me
E minhas flores semeei sorrindo
    Dos túmulos no pó.

Indolente Vestal, deixei no templo
A pira se apagar! na noite escura
    O meu gênio descreu...
Voltei-me para a vida... só contemplo
A cinza da ilusão que ali murmura:
    Morre! – tudo morreu!

Cinzas, cinzas... Meu Deus! só tu podias
À alma que se perdeu bradar de novo:
    – Ressurge-te ao amor!

---
24 "Estou cansado de viver."

Macilento, das minhas agonias
Eu deixaria as multidões do povo
    Para amar o Senhor!

Do leito aonde o vício acalentou-me
O meu primeiro amor fugiu chorando...
    Pobre virgem de Deus!
Um vendaval sem norte arrebatou-me,
Acordei-me na treva... profanando
    Os puros sonhos meus!

Oh! se eu pudesse amar!... – É impossível!
Mão fatal escreveu na minha vida...
    A dor me envelheceu...
O desespero pálido, impassível,
Agoirou minha aurora entristecida,
    De meu astro descreu...

Oh! se eu pudesse amar! Mas não: agora
Que a dor emurcheceu meus breves dias,
    Quero na cruz sanguenta
Derramá-los na lágrima que implora,
Que mendiga perdão pela agonia
    Da noite lutulenta!

Quero na solidão... nas ermas grutas
A tua sombra procurar chorando
    Com meu olhar incerto...
As pálpebras doridas nunca enxutas
Queimarei... teus fantasmas invocando
    No vento do deserto.

De meus dias a lâmpada se apaga,
Roeram meu viver mortais venenos,
    Curvo-me ao vento forte:
Teu fúnebre clarão que a noite alaga,
Como a estrela oriental, me guie ao menos
    'Té ao vale da morte!

No mar dos vivos o cadáver boia,
A lua é descorada como um crânio,
    Este sol não reluz...
Quando na morte a pálpebra se engoia,
O anjo desperta em nós e subitânio
    Voa ao mundo da luz!

Do val de Josafá pelas gargantas
Uiva na treva o temporal sem norte
    E os fantasmas murmuram...
Irei deitar-me nessas trevas santas,
Banhar-me na friez lustral da morte,
    Onde as almas se apuram!

Mordendo as clinas do corcel da sombra,
Sufocado, arquejante passarei
    Na noite do infinito...
Ouvirei essa voz que a treva assombra,
Dos lábios de minh'alma entornarei
    O meu cântico aflito!

Flores cheias de aroma e de alegria,
Por que na primavera abrir cheirosas
    E orvalhar-vos abrindo?
As torrentes da morte vêm sombrias,
Hão de amanhã nas águas tenebrosas
    Vos arrastar bramindo.

Morrer! morrer! – É voz das sepulturas!
Como a lua nas salas festivais
    A morte em nós se estampa!
E os pobres sonhadores de venturas
Roxeiam amanhã nos funerais
    E vão rolar na campa!

Que vale a glória, a saudação que enleva
Dos hinos triunfais na ardente nota
    E as turbas devaneia?
Tudo isso é vão e cala-se na treva...
– Tudo é vão, como em lábios de idiota
    Cantiga sem ideia.

Que importa? quando a morte se descarna,
A esperança do céu flutua e brilha
    Do túmulo no leito:
O sepulcro é o ventre onde se encarna
Um verbo divinal que Deus perfilha
    E abisma no seu peito!

Não chorem! que essa lágrima profunda
Ao cadáver sem luz não dá conforto...
    Não o acorda um momento!
Quando a treva medonha o peito inunda,
Derrama-se nas pálpebras do morto
    Luar de esquecimento!

Caminha no deserto a caravana,
Numa noite sem lua arqueja e chora...
    O termo... é um sigilo!
O meu peito cansou da vida insana,
Da cruz à sombra, junto aos meus, agora,
    Eu dormirei tranquilo!

Dorme ali muito amor... muitas amantes,
Donzelas puras que eu sonhei chorando
    E vi adormecer...
Ouço da terra cânticos cânticos errantes
E as almas saudosas suspirando
    Que falam em morrer...

Aqui dormem sagradas esperanças,
Almas sublimes que o amor erguia...

E gelaram tão cedo!
Meu pobre sonhador! aí descansas,
Coração que a existência consumia
　　　E roeu em segredo!

Quando o trovão romper as sepulturas,
Os crânios confundidos acordando
　　　No lodo tremerão...
No lodo pelas tênebras impuras
Os ossos estalados tiritando
　　　Dos vales surgirão!

Como rugindo a chama encarcerada
Dos negros flancos do vulcão rebenta
　　　Golfejando nos céus,
Entre nuvem ardente e trovejada
Minh'alma se erguerá, fria, sangrenta,
　　　Ao trono de meu Deus...

Perdoa, meu Senhor! O errante crente
Nos desesperos em que a mente abrasas
　　　Não o arrojes p'lo crime!
Se eu fui um anjo que descreu demente
E no oceano do mal rompeu as asas,
　　　Perdão! arrependi-me!

A TEMPESTADE
(FRAGMENTO)

Profeta escarnecido pelas turbas
　　　Disse-lhes rindo – adeus!
Vim adorar na serrania escura
　　　A sombra de meu Deus!

# [O CÉU ENEGRECEU: LÁ NO OCIDENTE]

O céu enegreceu: lá no ocidente
    Rubro o sol se apagou;
E galopa o corcel da tempestade
    Nas nuvens que rasgou...

Da gruta negra a catarata rola,
    Alaga a serra bronca,
Esbarra pelo abismo, escuma uivando
    E pelas trevas ronca...

O chão nu e escarvado p'las torrentes
    Trêmulo se fendeu...
Da serrania a lomba escaveirada
    O raio enegreceu.

Cede a floresta ao arquejar fremente
    Do rijo temporal,
Ribomba e rola o raio, nos abismos
    Sibila o vendaval.

Nas trevas o relâmpago fascina,
    A selva se incendeia...
Chuva de fogo pelas serras hirtas
    Fantástica serpeia...

# [AMO A VOZ DA TEMPESTADE]

Amo a voz da tempestade,
    Porque agita o coração...
E o espírito inflamado
    Abre as asas no trovão!

A minh'alma se devora
    Na vida morta e tranquila...
Quero sentir emoções,
    Ver o raio que vacila!

Enquanto as raças medrosas
    Banham de prantos o chão,
Eu quero erguer-me na treva,
    Saudar glorioso trovão!

Jeová! derrama em chuva
    Os teus raios incendidos!
Tua voz na tempestade
    Reboa nos meus ouvidos!

É quando as nuvens ribombam
    E a selva medonha está,
Que no relâmpago surge
    A face de Jeová!

A tuba da tempestade
    Rouqueja nos longos céus,
De joelhos na montanha
    Espero agora meu Deus!

## [O CAMINHO RASGOU-SE: MIL TORRENTES]

O caminho rasgou-se: mil torrentes
    Rebentam bravejando,
Rodam na espuma as rochas gigantescas
    Pelo abismo tombando.

Como em noite do caos, os elementos
    Incandescentes lutam.

Negra a terra – o céu rubro – o mar vozeia
   – E as florestas escutam...

Tudo se escureceu e pela treva,
   No chão sem sepultura,
Os mortos se revolvem tiritando
   Na longa noite escura.
..........

Profeta escarnecido pelas turbas
   Disse-lhes rindo – adeus!
Vim fitar ao clarão da tempestade
   – A sombra de meu Deus!

## LEMBRANÇA DE MORRER

*No more! O never more!* [25]
                Shelley

Quando em meu peito rebentar-se a fibra,
Que o espírito enlaça à dor vivente,
Não derramem por mim nem uma lágrima
Em pálpebra demente.

E nem desfolhem na matéria impura
A flor do vale que adormece ao vento:
Não quero que uma nota de alegria
Se cale por meu triste passamento.

Eu deixo a vida como deixa o tédio
Do deserto o poento caminheiro...
Como as horas de um longo pesadelo
Que se desfaz ao dobre de um sineiro...

---

25 "Não mais! Oh, nunca mais!"

Como o desterro de minh'alma errante,
Onde fogo insensato a consumia,
Só levo uma saudade – é desses tempos
Que amorosa ilusão embelecia.

Só levo uma saudade – e dessas sombras
Que eu sentia velar nas noites minhas...
E de ti, ó minha mãe! pobre coitada
Que por minhas tristezas te definhas!

De meu pai... de meus únicos amigos,
Poucos, – bem poucos! e que não zombavam
Quando, em noites de febre endoudecido,
Minhas pálidas crenças duvidavam.

Se uma lágrima as pálpebras me inunda,
Se um suspiro nos seios treme ainda,
É pela virgem que sonhei!... que nunca
Aos lábios me encostou a face linda!

Ó tu, que à mocidade sonhadora
Do pálido poeta deste flores...
Se vivi... foi por ti! e de esperança
De na vida gozar de teus amores.

Beijarei a verdade santa e nua,
Verei cristalizar-se o sonho amigo...
Ó minha virgem dos errantes sonhos,
Filha do céu! eu vou amar contigo!

Descansem o meu leito solitário
Na floresta dos homens esquecida,
À sombra de uma cruz! e escrevam nela:
– Foi poeta, sonhou e amou na vida. –

Sombras do vale, noites da montanha,
Que minh'alma cantou e amava tanto,
Protejei o meu corpo abandonado,
E no silêncio derramai-lhe um canto!

Mas quando preludia ave d'aurora
E quando, à meia-noite, o céu repousa,
Arvoredos do bosque, abri as ramas...
Deixai a lua pratear-me a lousa!

# SEGUNDA PARTE

# PREFÁCIO

Cuidado, leitor, ao voltar esta página!

Aqui dissipa-se o mundo visionário e platônico. Vamos entrar num mundo novo, terra fantástica, verdadeira ilha Baratária de D. Quixote, onde Sancho é rei e vivem Panúrgio, sir John Falstaff, Bardolph, Fígaro e o Sganarello de D. João Tenório: – a pátria dos sonhos de Cervantes e Shakespeare.

Quase que depois de Ariel esbarramos em Caliban.

A razão é simples. É que a unidade deste livro funda-se numa binomia: – duas almas que moram nas cavernas de um cérebro pouco mais ou menos de poeta escreveram este livro, verdadeira medalha de duas faces.

Demais, perdoem-me os poetas do tempo, isto aqui é um tema, senão mais novo, menos esgotado ao menos que o sentimentalismo tão *fashionable* desde Werther até Réné.

Por um espírito de contradição, quando os homens se veem inundados de páginas amorosas preferem um conto de Bocaccio, uma caricatura de Rabelais, uma cena de Falstaff no *Henrique IV* de Shakespeare, um provérbio fantástico daquele *polisson* Alfredo de Musset, a todas as ternuras elegíacas dessa poesia de arremedo que anda na moda e reduz as moedas de oiro sem liga dos grandes poetas ao troco de cobre, divisível até ao extremo, dos liliputianos poetastros. Antes da Quaresma há o Carnaval.

Há uma crise nos séculos como nos homens. É quando a poesia cegou deslumbrada de fitar-se no misticismo e caiu do céu sentindo exaustas as suas asas de oiro.

O poeta acorda na terra. Demais, o poeta é homem: *Homo sum*, como dizia o célebre Romano. Vê, ouve, sente e, o que é mais, sonha de noite as belas visões palpáveis de acordado. Tem nervos, tem fibra e tem artérias – isto é, antes e depois de ser um ente idealista, é um ente que tem corpo. E, digam o que quiserem, sem esses elementos, que sou o primeiro a reconhecer muito prosaicos, não há poesia.

O que acontece? Na exaustão causada pelo sentimentalismo, a alma ainda trêmula e ressoante da febre do sangue, a alma que ama e canta, porque sua vida é amor e canto, o que pode senão fazer o poema dos amores da vida real? Poema talvez novo, mas que encerra em si muita verdade e muita natureza, e que sem ser obsceno pode ser erótico, sem ser monótono. Digam e creiam o que quiserem: – todo o vaporoso da visão abstrata não interessa tanto como a realidade formosa da bela mulher a quem amamos.

O poema então começa pelos últimos crepúsculos do misticismo, brilhando sobre a vida como a tarde sobre a terra. A poesia puríssima banha com seu reflexo ideal a beleza sensível e nua.

Depois a doença da vida, que não dá ao mundo objetivo cores tão azuladas como o nome britânico de *blue devils*, descarna e injeta de fel cada vez mais o coração. Nos mesmos lábios onde suspirava a monodia amorosa, vem a sátira que morde.

É assim. Depois dos poemas épicos, Homero escreveu o poema irônico. Goethe depois de Werther criou o *Fausto*. Depois de *Parisina* e o Giaour de Byron vem o *Cain* e *Don Juan* – *Don Juan* que começa como *Cain* pelo amor e acaba como ele pela descrença venenosa e sarcástica.

Agora basta.

Ficarás tão adiantado agora, meu leitor, como se não lesses essas páginas, destinadas a não serem lidas. Deus me perdoe! assim é tudo!... até os prefácios!

# UM CADÁVER DE POETA

*Levem ao túmulo aquele que parece um cadáver!*
*Tu não pesaste sobre a terra: a terra te seja leve!*
L. Uhland

I
De tanta inspiração e tanta vida,
Que os nervos convulsivos inflamava
    E ardia sem conforto...
O que resta? – uma sombra esvaecida,
Um triste que sem mãe agonizava...
    – Resta um poeta morto!

Morrer! E resvalar na sepultura,
Frias na fronte as ilusões! no peito
    Quebrado o coração!
Nem saudades levar da vida impura
Onde arquejou de fome... sem um leito!
    Em treva e solidão!

Tu foste como o sol; tu parecias
Ter na aurora da vida a eternidade
    Na larga fronte escrita...
Porém não voltarás como surgias!
Apagou-se teu sol da mocidade
    Numa treva maldita!
Tua estrela mentiu. E do fadário
De tua vida a página primeira
    Na tumba se rasgou...
Pobre gênio de Deus, nem um sudário!
Nem túmulo nem cruz! como a caveira
    Que um lobo devorou!...

II
Morreu um trovador! morreu de fome...
Acharam-no deitado no caminho:
Tão doce era o semblante! Sobre os lábios
Flutuava-lhe um riso esperançoso;
E o morto parecia adormecido.

Ninguém ao peito recostou-lhe a fronte
Nas horas da agonia! Nem um beijo
Em boca de mulher! nem mão amiga
Fechou ao trovador os tristes olhos!
Ninguém chorou por ele... No seu peito
Não havia colar nem bolsa d'oiro:
Tinha até seu punhal um férreo punho...
Pobretão! não valia a sepultura...

Todos o viram e passavam todos.
Contudo era bem morto desde a aurora.
Ninguém lançou-lhe junto ao corpo imóvel
Um ceitil para a cova!... nem sudário!

O mundo tem razão, sisudo pensa...
E a turba tem um cérebro sublime!
De que vale um poeta?... um pobre louco
Que leva os dias a sonhar?... insano
Amante de utopias e virtudes
E, num templo sem Deus, ainda crente?

A poesia é decerto uma loucura:
Sêneca o disse, um homem de renome.
É um defeito no cérebro... Que doudos!
É um grande favor, é muita esmola
Dizer-lhes – *bravo*! à inspiração divina...
E, quando tremem de miséria e fome,
Dar-lhes um leito no hospital dos loucos...
Quando é gelada a fronte sonhadora
Por que há de o vivo, que despreza rimas,

Cansar os braços arrastando um morto,
Ou pagar os salários do coveiro?
A bolsa esvaziar por um misérrimo,
Quando a emprega melhor em lodo e vício? ...

E que venham aí falar-me em Tasso!
Culpar Afonso d'Est – um soberano,
Por não lhe dar a mão da irmã fidalga!
Um poeta é um poeta: apenas isso...
Procure para amar as poetisas.
Se na França a princesa Margarida,
De Francisco primeiro irmã formosa,
Ao poeta Alain Chartier adormecido
Deu nos lábios um beijo... é que esta moça,
Apesar de princesa, era uma douda...
E a prova é que também rondós fazia.
Se Riccio, o trovador, teve os amores
– Novela até bastante duvidosa –
Dessa Maria Stuart formosíssima,
É que ela – sabe-o Deus! – fez tanta asneira...
Que não admira que a um poeta amasse!

Por isso adoro o libertino Horácio:
Namorou algum dia uma parenta
Do patrono Mecenas? Parasita...
Só pedia dinheiro, no triclínio
Bebia vinho bom... e não vivia
Fazendo versos às irmãs de Augusto.

E quem era Camões? Por ter perdido
Um olho na batalha e ser valente,
Às esmolas valeu. Mas quanto ao resto,
Por fazer umas trovas de vadio,
Deveriam lhe dar, além de glória,
– E essa deram-lhe à farta! – algum bispado?
Alguma dessas gordas sinecuras
Que se davam a idiotas fidalguias?

Deixem-se de visões, queimem-se os versos:
O mundo não avança por cantigas.
Creiam do poviléu os trovadores
Que um poema não vale meia princesa.
Um poema, contudo, bem escrito,
Bem limado e bem cheio de teteias,
Nas horas do café lido, fumando...
Ou no campo, na sombra do arvoredo,
Quando se quer dormir e não há sono,
Tem o mesmo valor que a dormideira.

Mas não passe dali do vate a mente.
Tudo o mais são orgulhos, são loucuras...
Faublas tem mais leitores do que Homero.
Um poeta no mundo tem apenas
O valor de um canário de gaiola...
É prazer de um momento, é mero luxo.
Contente-se em traçar nas folhas brancas
De algum *Álbum* da moda umas quadrinhas:
Nem faça apelações para o futuro.
O homem é sempre o homem. Tem juízo.
Desde que o mundo é mundo assim cogita.

Nem há negá-lo: não há doce lira,
Nem sangue de poeta ou alma virgem
Que valha o talismã que no oiro vibra!
Nem músicas nem santas harmonias
Igualam o condão, esse eletrismo,
A ardente vibração do som metálico...
..........
Meu Deus! e assim fizeste a criatura?
Amassaste no lodo o peito humano?
Ó poeta, silêncio! – é este o homem?
A feitura de Deus! a imagem dele!
O rei da criação!...
Que verme infame!

Não Deus, porém Satã no peito vácuo
Uma corda prendeu-te – o egoísmo!
Oh! miséria, meu Deus! e que miséria!

III
Passou El-Rei ali com seus fidalgos:
Iam a degolar uns insolentes
Que ousaram murmurar da infâmia régia,
Das nódoas de uma vida libertina!
Iam em grande gala. O Rei cismava
Na glória de espetar no pelourinho
A cabeça de um pobre degolado.
Era um Rei *bon-vivant* e Rei devoto;
E, como Luís XI, ao lado tinha
O bobo, o capelão... e seu carrasco.

O cavalo do Rei, sentindo o morto,
Tremente de terror parou nitrindo,
Deu d'esporas leviano o cavaleiro
E disse ao capelão:

   "E não enterram
Esse homem que apodrece, e no caminho
Assusta-me o corcel?"
   Depois voltou-se
E disse ao camarista de semana:
"Conheces o defunto? Era inda moço,
Daria certamente um bom soldado.
A figura é esbelta! Forte pena!
Podia bem servir para um lacaio."

Descoberto, o faceiro fidalgote
Responde-lhe fazendo a cortesia:
"Pelas tripas do Papa! eu não me engano,
Leve-me Satanás se este defunto
Ontem não era o trovador Tancredo!"
"Tancredo!" murmurou erguendo os óculos

Um anfíbio, um barbaças truanesco,
Alma de Triboulet, que além de bobo
Era o vate da corte! bem nutrido,
Farto de sangue, mas de veia pobre,
Caídos beiços, volumoso abdômen,
Grisalha cabeleira esparramada,
Tremendo narigão, mas testa curta,
Em suma um glosador de sobremesas.

"Tancredo! – repetiu imaginando –
Um asno! só cantava para o povo!
Uma língua de fel, um insolente!
Orgulho desmedido... e quanto aos versos
Morava como um sapo n'água doce!
Não sabia fazer um trocadilho..."

O rei passou – com ele a companhia!
Só ficou ressupino e macilento
Da estrada em meio o trovador defunto!

IV
Ia caindo o sol. Bem reclinado
No vagaroso coche madornado
Depois de bem jantar fazendo a sesta,
Roncava um nédio, um barrigudo frade...
Bochechas e nariz, em cima uns óculos
Vermelho solidéu... enfim um bispo,
E um bispo, senhor Deus! da idade média,
Em que os bispos – como hoje e mais ainda –
Sob o peso da cruz bem rubicundos,
Dormindo bem, e a regalar bebendo,
Sabiam engordar na sinecura!
Papudos santarrões, depois da missa,
Lançando ao povo a bênção – por dinheiro!

O cocheiro ia bêbado por certo:
Os cavalos tocou p'lo bom caminho

Mesmo em cima das pernas do cadáver...
Refugou a parelha, mas o sota
– Que ao sol da glória episcopal enchia
De orgulho e de insolência o couro inerte,
Cuspindo o poviléu, como um fidalgo
Que em falta de miolo tinha vinho
Na cabeça devassa – deu de esporas...

Como passara sobre a vil carniça
Raléu de corvos negros, foi por cima...
Mas desgraça! maldito aquele morto!
Desgraça!... não porque pisasse o coche
Aqueles magros ossos, mas a roda
Na humana resistência abalroando...
E acorda o fradalhão...

   "O que sucede?
– Pergunta bocejando, é algum bêbado?
Em que bicho pisaram?"
   "Senhor bispo,
– Triunfante responde o bom cocheiro
Ao vigário de Cristo, ao santo Apóstolo
Rebento da fidalga raça nova
Que não anda de pé como S. Pedro,
Nem estafa os corcéis de S. Francisco –
"Perdoe Vossa Excelência Eminentíssima,
É um pobre diabo de poeta...
Um homem sem miolo e sem barriga
Que lembrou-se de vir morrer na estrada!"

"Abrenúncio! rouqueja o santo bispo,
Leve o Diabo essa tribo de boêmios!
Não há tanto lugar onde se morra?
Maldita gente! inda persegue os Santos
Depois que o Diabo a leva!..."
   E foi caminho.
Leve-te Deus! Apóstolo da crença,

Da esperança e da santa caridade!
Tu, sim, és religioso e nos altares
Vem cada sacristão, e cada monge
Agita a teus pés o seu turíbulo!
E o sangue do Senhor no cálix d'oiro
Da turba na oração te banha os lábios...

Leve-te Deus, Apóstolo da crença!
Sem padres como tu que fora o mundo?
É por ti que o altar apoia o trono!
É teu olhar que fertiliza os vales,
Fecunda a vinha santa do Messias!

Leve-te Deus... ou leve-te o Demônio!

V
Caiu a noite do azulado manto,
Como gotas de orvalho, sacudindo
Estrelas cintilantes. Veio a lua,
Banhando de tristeza o céu profundo,
Trazer aos corações melancolia,
E no éter cheiroso derramar
Cerúlea chama! – Dia incerto e pálido
Que ao lado da floresta as sombras junta
E golfa pelas águas das campinas
Alvacentos clarões que as flores bebem!
A galope, de volta do noivado,
Passa o Conde Solfier e a noiva Elfrida:
Seguem fidalgos que o sarau reclama.

ELFRIDA
– Não vês, Solfier, ali da estrada em meio
Um defunto estendido? –

SOLFIER
– Ó minha Elfrida,
Voltemos desse lado: outro caminho

Se dirige ao castelo. É mau agouro
Por um morto passar em noites destas.

Mas Elfrida aproxima o seu cavalo.

**ELFRIDA**
– Tancredo!... Vede!?... é o trovador Tancredo!
Coitado! assim morrer! um pobre moço...
Sem mãe e sem irmã! E não o enterram?
Neste mundo não teve um só amigo? –

"Ninguém, senhora! – respondeu da sombra
Uma dorida voz: – Eu vim, há pouco,
Ao saber que do povo no abandono
Jazia como um cão, eu vim... e eu mesmo
Cavei junto do lago a cova dele."

**ELFRIDA**
– Tendes um coração: tomai, mancebo,
Tomai essa pulseira... Em ouro e joias
Tem bastante pra erguer-lhe um monumento
E para longas missas lhe dizerem
Pelo repouso d'alma... –
    O moço riu-se.

**O DESCONHECIDO**
– Obrigado: guardai as vossas joias.
Tancredo o trovador morreu de fome!
Passaram-lhe no corpo frio e morto,
Salpicaram de lodo a face dele,
Talvez cuspissem nesta fronte santa,
Cheia outrora de eternas fantasias,
De ideias a valer um mundo inteiro!...
Por que lançar esmolas ao cadáver?
Leva-as, fidalga, tuas joias belas:
O orgulho do plebeu as vê sorrindo...
Missas?... bem sabe Deus se neste mundo

Gemeu alma tão pura como a dele!
Foi um anjo! e murchou-se como as flores
Morreu sorrindo, como as virgens morrem...
Alma doce que os homens enjeitaram,
Lírio, que a turba imunda profanou
Oh! não te mancharei, nem a lembrança
Com o óbolo dos ricos! Pobre corpo,
És o templo deserto, onde habitava
O Deus que em ti sofreu por um momento!
Dorme, pobre Tancredo! eu tenho braços:
Na cova negra dormirás tranquilo...
Tu repousas ao menos!"... –

No entanto sofreando a custo a raiva,
Mordendo os lábios de soberba e fúria,
Solfier da bainha arranca a espada,
Avança ao moço e brada-lhe:
      "Insolente!,
Cala-te, doudo! Cala-te, mendigo!
Não vês quem te falou? Curva o joelho,
Tira o gorro, vilão..."

O DESCONHECIDO
– Tu vês: não tremo!
Tu não vales o vento que salpica
Tua fronte de pó. Porque és fidalgo,
Não sabes que um punhal vale uma espada
Dentro do coração? –

      Mas logo Elfrida:
"Acalma-te, Solfier! O triste moço
Desespera, blasfema e não me insulta.
Perdoa-me também, mancebo triste!
Não pensei ofender tamanho orgulho:
Tua mágoa respeito. Só te imploro
Que sobre a fronte ao trovador desfolhes
Essas flores, as flores do noivado

De uma triste mulher... E quanto às joias,
Lança-as no lago... Mas quem és? teu nome?"

O DESCONHECIDO
– Quem sou? um doudo, uma alma de insensato,
Que Deus maldisse e que Satã devora!
Um corpo moribundo em que se nutre
Uma centelha de pungente fogo!
Um raio divinal que dói e mata,
Que doira as nuvens e amortalha a terra!...
Uma alma como o pó em que se pisa!
Um bastardo de Deus! um vagabundo
A que o gênio gravou na fronte – anátema!
Desses que a turba com o seu dedo aponta...
Mas não; não hei de sê-lo! eu juro n'alma,
Pela caveira, pelas negras cinzas
De minha mãe o juro!... Agora há pouco,
Junto de um morto reneguei do gênio,
Quebrei a lira à pedra de um sepulcro...
– Eu era um trovador, sou um mendigo... –

Ergueu do chão a dádiva d'Elfrida,
Roçou as flores aos trementes lábios,
Beijou-as. Sobre o peito de Tancredo
Pousou-as lentamente...

   – Em nome dele,
Agradeço estas flores do teu seio,
Anjo que sobre um túmulo desfolhas
Tuas últimas flores de donzela! –

Depois vibrou na lira estranhas mágoas,
Carpiu à longa noite escuras nênias,
Cantou: banhou de lágrimas o morto.

De repente parou: vibrou a lira
Co'as mãos iradas, trêmulas... e as cordas

Uma por uma rebentou cantando...
Tinha fogo no crânio, e sufocava:
Passou a fria mão nas fontes úmidas,
Abriu a medo os lábios convulsivos,
Sorriu de desespero; e sempre rindo
Quebrou as joias e as lançou no abismo...

VI
No outro dia na borda do caminho,
Deitado ao pé de um fosso aberto apenas,
Viu-se um mancebo loiro que morria...
Semblante feminil, e formas débeis,
Mas nos palores da espaçosa fronte
Uma sombria dor cavara sulcos.
Corria sobre os lábios alvacentos
Uma leve umidez, um ló d'escuma,
E seus dentes a raiva constringira...
Tinha os punhos cerrados... Sobre o peito
Acharam letras de uma língua estranha...
E um vidro sem licor – fora veneno!...

Ninguém o conheceu: mas conta o povo
Que, ao lançá-lo no túmulo, o coveiro
Quis roubar-lhe o gibão, despiu o moço...
E viu... talvez é falso... níveos seios...
Um corpo de mulher de formas puras...

VII
Na tumba dormem os mistérios d'ambos:
Da morte o negro véu não há erguê-lo!
Romance obscuro de paixões ignotas,
Poema d'esperança e desventura,
Quando a aurora mais bela os encantava,
Talvez rompeu-se no sepulcro deles!
Não pode o bardo revelar segredos
Que levaram ao céu as ternas sombras:
– Desfolha apenas nessas frontes puras
Da extrema inspiração as flores murchas...

# IDEIAS ÍNTIMAS

*Fragmento*

> *La chaise où je m'assieds, la natte où je me couche,*
> *La table ou je t'écris ...................................................*
> *............................................................................................*
> *Mes gros souliers ferrés, mon baton, mon chapeau,*
> *Mês libres pêle-mêle entassés sur leur planche.*
> *............................................................................................*
> *De cet espace étroit sont tout l'ameublement.*[26]
> Lamartine, *Jocelyn*

I
Ossian – o bardo é triste como a sombra
Que seus cantos povoa. O Lamartine
É monótono e belo como a noite,
Como a lua no mar e o som das ondas...
Mas pranteia uma eterna monodia,
Tem na lira do gênio uma só corda,
– Fibra de amor e Deus que um sopro agita!
Se desmaia de amor... a Deus se volta,
Se pranteia por Deus... de amor suspira.
Basta de Shakespeare. Vem tu agora,
Fantástico alemão, poeta ardente
Que ilumina o clarão das gotas pálidas
Do nobre Johannisberg! Nos teus romances
Meu coração deleita-se... Contudo,
Parece-me que vou perdendo o gosto,
Vou ficando *blasé*: passeio os dias
Pelo meu corredor, sem companheiro,
Sem ler, nem poetar... Vivo fumando.

Minha casa não tem menores névoas
Que as deste céu d'inverno... Solitário

---

26 "A cadeia onde eu me sento, essa esteira em que adormeço, / E a mesa onde te escrevo, / Meus grossos sapatos ferrados, minha bengala, meu chapéu, / Os livros desarrumados, empilhados sobre a estante / Naquele espaço pequeno, era a mobília inteira."

Passo as noites aqui e os dias longos...
Dei-me agora ao charuto em corpo e alma:
Debalde ali de um canto um beijo implora,
Como a beleza que o Sultão despreza,
Meu cachimbo alemão abandonado!
Não passeio a cavalo e não namoro,
Odeio o *lasquenet*... Palavra d'honra!
Se assim me continuam por dois meses
Os diabos azuis nos frouxos membros,
Dou na Praia Vermelha ou no Parnaso.

II
Enchi o meu salão de mil figuras.
Aqui voa um cavalo no galope,
Um roxo *dominó* as costas volta
A um cavaleiro de alemães bigodes,
Um preto beberrão sobre uma pipa,
Aos grossos beiços a garrafa aperta...
Ao longo das paredes se derramam
Extintas inscrições de versos mortos,
E mortos ao nascer!... Ali na alcova
Em águas negras se levanta a ilha
Romântica, sombria, à flor das ondas
De um rio que se perde na floresta...
– Um sonho de mancebo e de poeta,
El-Dorado de amor que a mente cria,
Como um Éden de noites deleitosas...
Era ali que eu podia no silêncio
Junto de um anjo... Além o romantismo!
Borra adiante folgaz caricatura
Com tinta de escrever e pó vermelho
A gorda face, o volumoso abdômen,
E a grossa penca do nariz purpúreo
Do alegre vendilhão entre botelhas,

Metido num tonel... Na minha cômoda
Meio encetado o copo, inda verbera

As águas d'oiro do *Cognac* ardente:
Negreja ao pé narcótica botelha
Que da essência de flores de laranja
Guarda o licor que nectariza os nervos.
Ali mistura-se o charuto havano
Ao mesquinho cigarro e ao meu cachimbo...
A mesa escura cambaleia ao peso
Do titâneo *Digesto*, e ao lado dele
*Childe-Harold* entreaberto... ou Lamartine
Mostra que o romantismo se descuida
E que a poesia sobrenada sempre
Ao pesadelo clássico do estudo.

III
Reina a desordem pela sala antiga,
Desce a teia de aranha as bambinelas
À estante pulvurenta. A roupa, os livros
Sobre as poucas cadeiras se confundem.
Marca a folha do *Faust* um colarinho
E Alfredo de Musset encobre, às vezes
De *Guerreiro*, ou *Valasco*, um texto obscuro.
Como outrora do mundo os elementos
Pela treva jogando cambalhotas,
Meu quarto, mundo em caos, espera um *Fiat*!

IV
Na minha sala três retratos pendem:
Ali Victor Hugo. – Na larga fronte
Erguidos luzem os cabelos louros,
Como c'roa soberba. Homem sublime!
O poeta de Deus e amores puros!
Que sonhou Triboulet, Marion Delorme
E Esmeralda – a Cigana... E diz a crônica
Que foi aos tribunais parar um dia
Por amar as mulheres dos amigos
E adúlteros fazer *romances vivos*.

V
Aquele é Lamennais – o bardo santo,
Cabeça de profeta, ungido crente,
Alma de fogo na mundana argila
Que as harpas de Sion vibrou na sombra,
Pela noite do século chamando
A Deus e à liberdade as loucas turbas.
Por ele a George Sand morreu de amores,
E dizem que... Defronte, aquele moço
Pálido, pensativo, a fronte erguida,
Olhar de Bonaparte em face austríaca,
Foi do homem secular as esperanças:
No berço imperial um céu de agosto
Nos cantos de triunfo despertou-o...
As águias de Wagram e de Marengo
Abriam flamejando as longas asas
Impregnadas do fumo dos combates
Na púrpura dos Césares, guardando-o...
E o gênio do futuro parecia
Predestiná-lo à glória. A história dele?...
Resta um crânio nas urnas do estrangeiro...
Um loureiro sem flores nem sementes...
E um passado de lágrimas... A terra
Tremeu ao sepultar-se o Rei de Roma
Pode o mundo chorar sua agonia
E os louros de seu pai na fronte dele
Infecundos depor... Estrela morta,
Só pode o menestrel sagrar-te prantos!

VI
Junto a meu leito, com as mãos unidas,
Olhos fitos no céu, cabelos soltos,
Pálida sombra de mulher formosa
Entre nuvens azuis pranteia orando.
É um retrato talvez. Naquele seio
Porventura sonhei douradas noites,
Talvez sonhando desatei sorrindo

Alguma vez nos ombros perfumados
Esses cabelos negros e em delíquio
Nos lábios dela suspirei tremendo,
Foi-se a minha visão... E resta agora
Aquele vaga sombra na parede
– Fantasma de carvão e pó cerúleo! –
Tão vaga, tão extinta e fumacenta
Como de um sonho o recordar incerto.

VII
Em frente do meu leito, em negro quadro,
A minha amante dorme. É uma estampa
De bela adormecida. A rósea face
Parece em visos de um amor lascivo
De fogos vagabundos acender-se...
E como a nívea mão recata o seio...
Oh! quantas vezes, ideal mimoso,
Não encheste minh'alma de ventura,
Quando louco, sedento e arquejante
Meus tristes lábios imprimi ardentes
No poento vidro que te guarda o sono!

VIII
O pobre leito meu, desfeito ainda,
A febre aponta da noturna insônia.
Aqui lânguido à noite debati-me
Em vãos delírios anelando um beijo...
E a donzela ideal nos róseos lábios,
No doce berço do moreno seio
Minha vida embalou estremecendo...
Foram sonhos contudo! A minha vida
Se esgota em ilusões. E quando a fada
Que diviniza meu pensar ardente
Um instante em seus braços me descansa
E roça a medo em meus ardentes lábios
Um beijo que de amor me turva os olhos...
Me ateia o sangue, me enlanguece a fronte...

Um espírito negro me desperta,
O encanto do meu sonho se evapora...
E das nuvens de nácar da ventura
Rolo tremendo à solidão da vida!

IX
Oh! ter vinte anos sem gozar de leve
A ventura de uma alma de donzela!
E sem na vida ter sentido nunca
Na suave atração de um róseo corpo
Meus olhos turvos se fechar de gozo!
Oh! nos meus sonhos, pelas noites minhas
Passam tantas visões sobre meu peito!
Palor de febre meu semblante cobre,
Bate meu coração com tanto fogo!
Um doce nome os lábios meus suspiram,
Um nome de mulher... e vejo lânguida
No véu suave de amorosas sombras
Seminua, abatida, a mão no seio,
Perfumada visão romper a nuvem,
Sentar-se junto a mim, nas minhas pálpebras
O alento fresco e leve como a vida
Passar delicioso... Que delírios!
Acordo palpitante... inda a procuro:
Embalde a chamo, embalde as minhas lágrimas
Banham meus olhos, e suspiro e gemo...
Imploro uma ilusão... tudo é silêncio!
Só o leito deserto, a sala muda!
Amorosa visão, mulher dos sonhos,
Eu sou tão infeliz, eu sofro tanto!
Nunca virás iluminar meu peito
Com um raio de luz desses teus olhos?

X
Meu pobre leito! eu amo-te contudo!

Aqui levei sonhando noites belas;

As longas horas olvidei libando
Ardentes gotas de licor dourado,
Esqueci-as no fumo, na leitura
Das páginas lascivas do romance...

Meu leito juvenil, da minha vida
És a página d'oiro. Em teu asilo
Eu sonho-me poeta e sou ditoso...
E a mente errante devaneia em mundos
Que esmalta a fantasia! Oh! quantas vezes
Do levante no sol entre odaliscas
Momentos não passei que valem vidas!
Quanta música ouvi que me encantava!
Quantas virgens amei! que Margaridas,
Que Elviras saudosas e Clarissas,
Mais trêmulo que Faust, eu não beijava...
Mais feliz que Don Juan e Lovelace
Não apertei ao peito desmaiando!

Ó meus sonhos de amor e mocidade,
Porque ser tão formosos, se devíeis
Me abandonar tão cedo... e eu acordava
Arquejando a beijar meu travesseiro?

XI
Junto do leito meus poetas dormem
– O Dante, a *Bíblia*, Shakespeare e Byron
Na mesa confundidos. Junto deles
Meu velho candeeiro se espreguiça
E parece pedir a formatura.
Ó meu amigo, ó velador noturno,
Tu não me abandonaste nas vigílias,
Quer eu perdesse a noite sobre os livros,
Quer, sentado no leito, pensativo
Relesse as minhas cartas de namoro...
Quero-te muito bem, ó meu comparsa
Nas doudas cenas de meu drama obscuro!

E num dia de *spleen*, vindo a pachorra,
Hei de evocar-te dum poema heroico
Na rima de Camões e de Ariosto,
Como padrão às lâmpadas futuras!
..........

XII
Aqui sobre esta mesa junto ao leito
Em caixa negra dois retratos guardo:
Não os profanem indiscretas vistas.
Eu beijo-os cada noite: neste exílio
Venero-os juntos e os prefiro unidos...
– Meu pai e minha mãe! Se acaso um dia,
Na minha solidão me acharem morto,
Não os abra ninguém. Sobre meu peito
Lancem-os em meu túmulo. Mais doce
Será certo o dormir da noite negra
Tendo no peito essas imagens puras.

XIII
Havia uma outra imagem que eu sonhava
No meu peito, na vida e no sepulcro,
Mas ela não o quis... rompeu a tela,
Onde eu pintara meus dourados sonhos.
Se posso no viver sonhar com ela,
Essa trança beijar de seus cabelos
E essas violetas inodoras, murchas,
Nos lábios frios comprimir chorando,
Não poderei na sepultura, ao menos,
Sua imagem divina ter no peito.

XIV
Parece que chorei... Sinto na face
Uma perdida lágrima rolando...
Satã leve a tristeza! Olá, meu pagem,
Derrama no meu copo as gotas últimas
Dessa garrafa negra...

Eia! bebamos!
És o sangue do gênio, o puro néctar
Que as almas de poeta diviniza,
O condão que abre o mundo das magias!
Vem, fogoso *Cognac*! É só contigo
Que sinto-me viver. Inda palpito,
Quando os eflúvios dessas gotas áureas
Filtram no sangue meu correndo a vida,
Vibram-me os nervos e as artérias queimam,
Os meus olhos ardentes se escurecem
E no cérebro passam delirosos
Assomos de poesia... Dentre a sombra
Vejo num leito d'ouro a imagem dela
Palpitante, que dorme e que suspira,
Que seus braços me estende...
    Eu me esquecia:
Faz-se noite; traz fogo e dois charutos
E na mesa do estudo acende a lâmpada...

# BOÊMIOS

ATO DE UMA COMÉDIA NÃO ESCRITA

*Totus mundus, agit histríonem.*[27]
Provérbio do tempo de Shakespeare

A cena passa-se na Itália, no século XVI. Uma rua escura e deserta. Alta noite. Numa esquina uma imagem de Madona em seu nicho alumiado por uma lâmpada.

Puff dorme no chão abraçando uma garrafa. Nini entra tocando guitarra. Dão 5 horas.

---

27  "Tudo é teatro. Tudo é comédia."

NÍNI
Olá! que fazes, Puff? dormes na rua?

PUFF, *ACORDANDO*
Não durmo... Penso.

NÍNI
Estás enamorado?
E deitado na pedra acaso esperas
O abrir de uma janela? Estás cioso
E co'a botelha em vez de durindana
Aguardas o rival?

PUFF
Ceei à farta
Na taverna do Sapo e das Três-Cobras...
Faço o quilo... ao repouso me abandono.
Como o Papa Alexandre ou como um Turco,
Me entrego ao *far niente* e bem a gosto
Descanso na calçada imaginando.

NÍNI
Embalde quis dormir. Na minha mente
Fermenta um mundo novo que desperta.
Escuta, Puff: eu sinto no meu crânio,
Como em seio de mãe, um feto vivo...
Na minha insônia vela o pensamento:
Os poetas passados e futuros
Vou todos ofuscar... Aqui no cérebro
Tenho um grande poema. Hei de escrevê-lo...
É certa a glória minha!

PUFF
A ideia é boa:
Toma dez bebedeiras... são dez cantos.
Quanto a mim, tenho fé que a poesia
Dorme dentro do vinho.

Os bons poetas
Para ser imortais beberam muito.

**NÍNI**
Não rias... Minha ideia é nova e bela.
A Musa me votou a eterna glória.
Não me engano, meu Puff, enquanto sonho
Se aos poetas divinos Deus concede
Um céu mais glorioso, ali com Tasso,
Com Dante e Ariosto eu hei de ver-me...
Se eu fizer um poema, certamente
No Pantheon da fama cem estátuas
Cantarão aos vindouros o meu gênio!

**PUFF**
Em estátua, meu Nini? Estás zombando!
E impossível que saias parecido...
Que mármore daria a cor vermelha
Desse imenso nariz, dessas melenas?

**NÍNI**
Estás bêbado, Puff. Tresandas vinho.

**PUFF**
O vinho!?... és uma besta!... só um parvo
Pode a beleza desmentir do vinho.
Tu nunca leste o Cântico dos Cânticos
Onde o Rei Salomão, como elogio,
Dizia à noiva: – *Pulchriora sunt*
*Ubera tua vino!*

**NÍNI**
És sempre um Bobo.

**PUFF**
E tu és sempre esse nariz vermelho,
Que ainda aqui na treva desta rua

Flameja ao pé de mim. Quando te vejo,
Penso que estou na igreja ouvindo missa
Dita por Cardeal.

NÍNI
És um devasso...

PUFF
Respondo-te somente o que dizia
Sir John Falstaff, da noite o cavaleiro:
"Se Adão pecou no estado de inocência,
Que muito é que nos dias da impureza
Peque o mísero Puff?" Tu bem o sabes:
Toda a fragilidade vem da carne...
E na carne se eu tanto excedo os outros,
Vícios não devem meus causar espanto.
Minh'alma dorme em treva completíssima
Pela minha descrença... E tu, maldito,
Por que sempre não vens esclarecer-me
Com esse teu farol aceso sempre,
Cavaleiro da lâmpada vermelha,
As trevas de minh'alma?

NÍNI
Que leproso!

PUFF
Sou um homem de peso. Entendo a vida,
Tenho muito miolo; e a prova disto
É que não sou poeta, nem filósofo...
E gosto de beber, como Panúrgio.
Se tu fosses tonel, como pareces,
Eu te bebera agora de um só trago.

NÍNI
Quero-te bem contudo. Amigos velhos
Deixemo-nos de histórias. Meu poema...

**PUFF**
Se falas em poema, eu logo durmo.

**NÍNI**
Uma vez era um Rei...

**PUFF**
Não vês? eu ronco.

**NÍNI**
Quero a ti dedicar minha obra-prima...
Irás junto comigo à eternidade!
Teu retrato porei no frontispício.
Meu poema será uma coroa
Que as nossas frontes engrinalde juntas.

**PUFF**
Pensei-te menos doudo. O teu poema
Seria uma sublime carapuça!
Mas, já que sonhas tanto, olha, meu Nini,
Tu precisas de um saco.

**NÍNI**
Impertinente!
**PUFF**
Dá-me aqui tua mão. Sabes, amigo?
Passei ontem o dia de namoro:
Minhas paixões voltei à nova esposa
Do velho Conde que ali mora em frente...
Estou adiantado nos amores.
A cozinheira, outrora minha amante,
Meus passos guia, meus suspiros leva:
Mas preciso com pressa de um soneto!
Prometes-me fazê-lo?

**NÍNI**
Se me ouvires
Recitar meu poema...

**PUFF**
Eu me resigno.
Declama teu sermão, como um vigário...
Mas o sono ao rebanho se permite?
*(Entra um criado correndo.)*
Roa-me o diabo as tripas, se não vejo
Ali correr com pernas de cabrita
O criado do cônego Tansoni.

**NÍNI**
Onde vais, Gambioletto?

**GAMBIOLETTO**
Vou à pressa
Ao doutor Fossuário.

**PUFF**
Acaso agora
O carrasco fugiu?

**NÍNI**
Quem agoniza?

**GAMBIOLETTO**
O Reverendo e Santo Sr. Cônego!
Deitando-se a dormir, depois da ceia,
No colo de Madona la Zaffeta,
Umas dores sentiu pela barriga,
Caiu estrebuchando sobre a sala...
Morre de apoplexia.

**NÍNI**
O diabo o leve!

**GAMBIOLETTO**
E o médico, Srs.!
*(Sai correndo.)*

**PUFF**
Venturoso!
Sempre é Cônego... Nini, *dulce et decus*
*Pro patria mori...* É doce e glorioso
Morrer de apoplexia! Quem me dera
Morrer depois da ceia, de repente!
Não vem o confessor contar novelas,
Não soam cantos fúnebres em torno,
Nem se força o medroso moribundo
A rezar, quando só dormir quisera!
Venturosos os Cônegos e os Bispos...
E os papudos Abades dos conventos!
Eles podem morrer de apoplexia!
E se morrem pensando – cousa nova! –
Quem nunca no viver cansou-se nisso,
Se eles morrem pensando, ante seus olhos,
No momento final sem ter pavores,
Inda corre a visão da bela mesa!
A não morrer-se como o velho Píndaro
Cantando, sobre o seio amorenado
De sua amante Grega, oh! quem me dera
Cair morto no chão, beijando ainda
A botelha divina!

**NÍNI**
Que maluco!
A estas horas da noite, assim no escuro
Não temes de lembrar-te de defuntos?
Beijarias até uma caveira,
Se espumante o Madeira ali corresse!

**PUFF**
Os cálices doirados são mais belos!
Inda porém mais doce é nos beicinhos
Da bela moça que sorrindo bebe...
Libar mais terno o saibo dos licores...
Eu prefiro beijar a tua amante.

NÍNI
Tens medo de defuntos?

PUFF
Um bocado.
Sinto que não nasci para coveiro.
Contudo, no domingo, à meia-noite...
Pela forca passei: vi nas alturas,
Do luar sem vapor à luz formosa,
Um vilão pendurado. Era tão feio!
A língua um palmo fora, sobre o peito,
Os olhos espantados, boca lívida,
Sobre a cabeça dele estava um corvo...
O morto estava nu, pois o carrasco
Os mortos despe pra vestir os filhos
E deixa à noite o padecente à fresca.
Eu senti pelo corpo uns arrepios...
Mas depois veio o ânimo... trepei
Pela escada da forca, fui acima...
E pintei uns bigodes no enforcado.

NÍNI
Bravo como um Vampiro!

PUFF
Oh! antes d'ontem
Passei pelos telhados sem ter medo,
Para evitar um pátio onde velava
Um cão – que enorme cão! – subindo ao quarto
Onde dorme Rosina Belvidera...

NÍNI
Ousaste ao Cardeal depor na fronte
Tão pesada coroa?

PUFF
A mitra cobre...
Dizem que a santidade lava tudo!
Depois... o Cardeal estava bêbado...
A propósito, sabes dos amores
Do capitão Tybald? O tal maroto
Não sei de que milagres tem segredo
Que deu volta à cabeça da rainha.

NÍNI
Por isso o pobre Rei anda tão triste!

PUFF
Spadaro, o fidalgote barba-ruiva,
Contou-me que espiando p'la janela
Do quarto da rainha os viu... Caluda!

NÍNI
E o Rei que faz? Não tem lá na cozinha
Algum pau de vassoura ou um chicote?

PUFF
El-Rei Nosso Senhor então ceava.

NÍNI
Santo Rei!
PUFF
E demais é bem sabido
Que El-Rei só reina à mesa e nas caçadas.

NÍNI
Nunca perde um veado quando atira.

PUFF
Ele caça veados?... Má fortuna!
Não o cacem também pela ramagem!

NÍNI
Com língua tão comprida e viperina
Irás parar na forca...

PUFF
Nini, escuta:
Assisti esta noite a um pagode
Na taverna do Sapo e das Três-Cobras.
Era já lusco-fusco... e eu entrando
Dou com Frei São José e Frei Gregório,
O Prior do convento dos Bernardos
E mais uns dois ou três que só conheço
De ver pelas esquinas se encostando,
Ou dormidos na rua a sono solto...

Que soberbo painel! Faze uma ideia!
Um banquete! fartura! que presuntos!
Que tostados leitões que recendiam!
Numa enorme caldeira enormes peixes!
Recheados capões fervendo ainda!
Perus! *olhas podridas*! costeletas...
– Esgotara o talento a cozinheira!
Abertos garrafões! garrafas cheias!
Vinho em copos imensos transbordando...
Na toalha, já suja, debruçados
Aqueles religiosos cachaçudos
De boca aberta e de embotados olhos.
Gastrônomos! ali é que se via
Que é ciência o comer... e como um frade
Goza pelo nariz e pelos olhos,
Pelas mãos, pela boca... e faz focinho
E bate a língua ao paladar gostoso
Ao celeste sabor de um bom pedaço!

Depois! era bonito! Frei Gregório
Co'a boca de gordura reluzente,
Farto de vinho, esquece o reumatismo,

Esquece a erisipela já sem cura,
Canta rondós e dança a tarantela...

Arrasta-se caindo e se babando
Aos pés da taverneira. De joelhos
Faz-lhe a corte, cantando o *Miserere*,
Principia sermões, engrola textos,
E a gorda mão estende ao nédio seio
Da bela mocetona... a mão lhe beija,
A mão que o cetro cinge de vassoura...
Chora, soluça e cai, estende os braços,
Ainda a chama e cantochão entoa...

Era de rir! os velhos amorosos,
Uns de joelhos no chão, outros cantando
Estendidos na mesa entre os despojos,
Outros beijando a moça, outros dormindo...
E ela no meio delambida e fresca
Excita-os mutuamente e os rivaliza,
Passa-lhes pelo queixo a mão gorducha...
Corre o Prior a soco um Barbadinho,
Atracam-se, blasfemam, se esconjuram...
Um agarra na barba do contrário,
Outro tenta apertar o papo alheio...
Abraçam-se na luta os dois volumes
E rolam como pipas. No oceano
Assim duas baleias ciumentas
Atracam-se na luta... Que risadas!
Que risadas, meu Deus! arrebentando
Soltou o pobre Puff ante a comédia!

**NÍNI**
Ouve agora o poema...

**PUFF**
Espera um pouco:
A taverna do canto não se fecha...

Está aberta. Compra uma garrafa...
Bom vinho... tu bem sabes! Tenho a goela
Fidalga como um Rei. Não tenho dúvida:
Mentiu a minha mãe quando contou-me
Que nasci de um prosaico matrimônio...
Eu filho de escrivão!... Para criar-me
Era – senão um Rei – preciso um Bispo!

NÍNI
*(Vai à taverna e volta.)*
Eis aqui uma bela empada fria,
Uma garrafa e copo.

PUFF *(QUEBRANDO O COPO)*
O Demo o leve!
Eu sou como Diógenes: só quero
Aquilo sem o que viver não posso.
Deitado nesta laje, preguiçoso,
Olhando a lua, beijo esta garrafa...
E o mundo para mim é como um sonho.
Creio até que teu ventre desmedido,
Como escura caverna, vai abrir-se,
Mostrando no seio iluminado
Panoramas de harém, sultanas lindas
E longas prateleiras de bom vinho!

NÍNI
Dou começo ao poema. Escuta um pouco.

I
"Havia um Rei, numa ilha solitária,
Um Rei valente, cavaleiro e belo.
O Rei tinha um irmão: – era um mancebo
Pálido, pensativo. A sua vida
Era nas serras divagar cismando,
Sentar-se junto ao mar, dormir no bosque
Ou vibrar no alaúde os seus gemidos.

II
Vagabundo, uma vez, junto das ondas
O Príncipe encontrou na areia fria
Uma branca donzela desmaiada,
Que um naufrágio na praia arremessara:
Revelavam-lhe as roupas gotejantes
O belo talhe níveo, o melindroso
Das bem moldadas formas. O mancebo
Nos braços a tomou e foi com ela
Esconder-se no bosque.

    Quando a bela
Suspirando acordou, o belo Príncipe
Aos pés dela velava de joelhos.
Amaram-se. É a vida. Eles viveram
Desse desmaio que dá corpo aos sonhos,
Que realiza visões e aroma a vida
Na sua primavera. A lua pálida,
As sombras da floresta e dentre a sombra
As aves amorosas que suspiram
Viram aquelas frontes namoradas,
Ouviram, sufocando-se num beijo,
Suspiros que o deleite evaporava.

III
O Rei tinha um truão. O caso é visto:
É muito natural. Se Reis sombrios
Gostam de bobos na doirada corte,
Não admira decerto que um risonho
Em vez de capelão tivesse um Bobo.
Loriolo – o truão do Rei, acaso,
Um dia, atravessando p'la floresta,
Foi dar numa cabana de folhagens:
Ninguém estava ali, porém num leito
De brandas folhas e cheirosas flores
Ele viu estendidas roupas alvas
– E roupas de mulher! e junto um gorro,

Que pelas joias e flutuantes plumas
E pela firma no veludo negro
Denunciava o Príncipe.

    Loriolo,
Apesar de na corte ser um Bobo,
Não era um zote. Foi-se remoendo...
Jurou dar com a história dos namoros
E, para andar melhor em tal caminho,
Ele, que adivinhava que as Américas
Sem proteção de Rei ninguém descobre,
Madrugou muito cedo... inda era escuro
E convidou El-Rei para o passeio.
IV
Ora, por uma triste desventura,
O Rei entrando na Cabana Verde
Achou só a mulher... Adormecida
No desalinho descuidoso e belo
Com que elas dormem, soltos os cabelos,
A face sobre a mão e os seios lindos
Batendo à solta na macia tela
Da roupa de dormir que os modelava...
Não digo mais...
    Loriolo pôs-se à espreita.
O Rei de leve despertou a bela,
Acordou-a num beijo...

V
    A linda moça,
Se havia ali raivosa apunhalar-se,
Fazer espalhafato e gritaria,
Por um capricho, voluptuoso assomo,
Entregou-se ao amor do Rei...

VI
    "Maldito!"
Bradou-lhe à porta um vulto macilento.

"Maldito! meu irmão, aquela moça
É minha, minha só, é minha amante
E minha esposa fora..."

    O Rei sorrindo
Lhe estende a régia mão e diz alegre:
"A culpa é tua. Eu disto não sabia;
Se do teu casamento me falasses,
Eu respeitara a tua..."

    "Basta, infame!
Não acrescentes zombaria ao crime.
Hei de punir-te. É solitário o bosque;
Aqui não és um Rei, porém um homem,
Um vil em cujo sangue hei de lavar-me,
Oh! sangue! quero sangue! eu tenho sede!"

VII
Despiu tremendo a reluzente espada.
O mesmo fez o Rei. Lutaram ambos.
*Feminae sacra fames, quantum pectora*
*Mortalia cogis!* E embalde a moça,
Ajoelhando, seminua e pálida,
Vinha chorando, mais gentil no pranto,
Entre as espadas se lançar gemendo.
Embalde! Longo tempo encarniçada
A peleja durou... Enfim caíram:
Rolaram ambos trespassados, frios...
E, na treva de morte que o cegava,
Inda alongando os braços convulsivos
Que avermelhava o fratricida sangue,
Procuravam no sangue o inimigo!

VIII
O Bobo fez as covas. Na montanha
Enterrou os irmãos. E quanto à moça,
Pelo braço a tomou chorosa e fria,

Foi ao paço e, na gótica varanda,
De coroa real e longo manto,
Falou à plebe, prometeu franquezas...
Impostos levantar e dar torneios.
– Falou aos guardas: prometeu-lhes vinho...
– Falou à fidalguia, mas no ouvido...
E prometeu-lhe consentir nos vícios
E depressa fazer uma lei nova
Pela qual, se um fidalgo assassinasse
Algum torpe vilão, ficasse impune...
E nem pagasse mais a vil quantia
Que era pena do crime; e alto disse
Que havia conquistar países novos.

IX
A história infelizmente é muito vista.
Não sou original! É uma desgraça!
Mas prefiro o caráter verdadeiro
De trovador cronista. –

    Loriolo
Trocou de guizo o boné sonoro
– Muito leve chapéu! – pela coroa...
Só teve uma desgraça o Rei novato:
Foi que um dia fugiu-lhe do palácio
A tal moça volante nos amores.

X
Muitos anos passaram. Loriolo
Era um sublime Rei. De Rei a Bobo
Já tantos têm caído! Não admira
Que um Bobo sendo Rei primasse tanto.
Governava tão bem como governam
Os Reis de sangue azul e raça antiga.
Demais gastava pouco e, se não fosse
Seu amor pelas alvas formosuras,
Decerto que na lista dos monarcas

Ele ficava sendo o Rei-Sovina.
Enfim, era um monarca de mão cheia.
Tinha só um defeito – vendo sangue
Tinha frio no ventre e desmaiava
Ao luzir de uma espada... Era nervoso!
Ninguém falava nisso. Até a giba,
A figura de anão, a pele escura,
Aquela boca negra escancarada
(E que nem dentes amarelos tinha
Pra ser de Adamastor), as gâmbias finas,
Eram tipo dos quadros dos pintores.
Se pintavam Adônis ou Cupido
Copiavam o Rei em corpo inteiro!
E o oiro das moedas, que trazia
A ventosa bochecha, os beiços grossos,
O porcino perfil e a cabeleira...
Era beijado com fervor e culto.

XI
Loriolo envelhecia entre os aplausos,
Dando a mão a beijar à fidalguia.
Demais, um sabichão fizera um livro
Em vinte e tantos volumões in-fólio,
Obra cheia de mapas e figuras,
Em que provava que por linha reta
De Hércules descendia Loriolo
E portanto de Júpiter Tonante!...
E apresentou as certidões em cópia
De óbito e nascimento e batistério
E até de casamento! e para prova
De que nas veias puras do Monarca
Não correra a mais leve bastardia...
É inútil dizer que os tais volumes
Nada contavam sobre o pai – porqueiro,
Como o do Santo Papa Sixto Quinto...
E sobre a mãe do Rei – a velha Mória,
Que vendera perus... Deus sabe o resto!
Nos tempos folgazões da mocidade!

## XII

Um dia o reino cem navios tocam:
São piratas do Norte! – são Normandos!
Infrene multidão nas praias corre,
Levando tudo a ferro... até os frades
Matam, queimam, saqueiam, furtam moças...
E a infrene turba corre até os paços.

## XIII

Enquanto vem a campo a fidalguia,
Armada *pied en cap*, espada em punho,
Loriolo sem fala, nos apertos...
Nas adegas se esconde.
    Embalde o chamam,
Embalde corre voz que dos Normandos
Emissário de paz o Rei procura,
El-Rei suou de susto a roupa inteira!
Nem era de pasmar que a Reis e povo,
Como ao bicho da seda a trovoada,
Camisas de onze varas apavorem
E façam frio aparições de forca!

## XIV

Um soldado normando, que buscava
Nas adegas reais alguma pinga,
Mete a verruma numa velha pipa:
Um grito sai dali, mas não licores...
O soldado feroz destampa o nicho,
Agarra um vulto dentro, mas somente
Sente nas mãos vazia cabeleira...
Desembainha a torva durindana,
Nas cavernas da pipa e nas cavernas
Do coração do Rei reboa o golpe.
Estala-se o tonel de meio a meio.
Entretanto o bom Rei que não falava,
Sujo da lia da inosa pipa,

Mais morto do que vivo (já pensando
Que seu reino acabava num espeto
Como o reino do galo), às cambalhotas
Rola aos pés do soldado, chora e treme,
Gagueja de pavor nos calafrios
E pelo amor de Deus perdão implora.

XV
O soldado, maroto e bom gaiato,
Agarra às costas o real trambolho,
Como um vilão que à feira leva um porco...
E no meio do pátio, entre despojos,
De pernas para o ar e cara suja
Atira o Bobo...
   – El-Rei! clama um fidalgo.

XVI
Porém o Rei não fala... Sua e treme.
"Singofredo o pirata aqui me envia:
Diz ao Rei o pacífico Mercúrio
O Arauto de paz que vem de bordo –
Eu venho aqui propor-vos um tratado.
Por direito de espada e por herança
Singofredo é senhor destes países;
Ele vem reclamar sua coroa...
Se o Rei não se opuser não corre sangue:
Senão hão de fazê-lo em sarrabulho,
Puxado p'lo nariz o encher de lodo
E espetar-lhe a careta sobre um mastro.
Singofredo, o feroz, exige apenas
Que o Rei deixando o cetro deste reino
Seja sempre na corte Rei... da Lua.
Loriolo virá ao seu caminho
Trajando seu gibão amarelado
Com remendos de cor e campainhas,
Meias roxas e gorro afunilado."

## XVII

Loriolo suspira. O povo espera.
Pela face do Bobo corre a furto
Uma lágrima trêmula. É desgraça
Tendo subido a Rei voltar...
    Nem ousa
O nome proferir de sua infâmia.

De repente uma ideia o ilumina...
Deu uma das antigas gargalhadas,
Inda em trajes de Rei graceja e pula.

Foi uma dança cômica, fantástica,
Um riso que doía – tão gelado
Coava ao coração!... Estava doudo...
Dançou a gargalhar... caiu exausto,
Caiu sem movimento sobre o lodo...
Escutaram-lhe o peito. Estava morto.

Ora o pirata, o invasor normando,
Era filho da nossa conhecida,
Que, posto não pudesse com acerto
Dizer quem era o pai do seu boêmio,
Afirmava contudo afoutamente
Que, em todo o caso, tinha jus ao trono.

Reina pela cidade a bebedeira...
E bebendo-se à saúde do bastardo
O Bobo que foi Rei ninguém sepulta..."
Bem vês, amigo Puff, que neste conto
Em poucos versos digo histórias longas:
– Amores, mortes e no trono um Bobo
E sobre o lodo um Rei que não se enterra.
Muito embora a mulher as roupas façam,
Eu provo que o burel não faz o monge,
E um Bobo é sempre um Bobo. Mostro ainda
De meu estro no vário cosmorama

Um Rei que numa pipa o trono perde
E um bastardo que o pai dizer não pode
E em nome de dois pais, ambos em dúvida,
Vem na sangueira reclamar seu nome.

Um outro só com isso dera a lume
Um poema em dez cantos. Sou conciso,
Não ouso tanto: dou somente ideias,
Esboço aqui apenas meu enredo.

Mas... Puff olá, meu Puff, estás dormindo,
Prosaico beberrão! Acorda um pouco!
Bebeu todo o meu vinho, a empada foi-se...
Não resta-me esperança! Este demônio
De um poeta como eu nem vale um murro!

UM HOMEM DA PLATEIA (*INTERROMPENDO*)
Silêncio! fora a peça! que maçada!
Até o ponto dorme a sono solto!

*Levanta-se o pano até o meio. Passa por debaixo e vem até a rampa o*

Prólogo,
    *velho de cabeça calva, camisola branca, carapuça frígia coroada de louros. Tem um ramo de oliveira na mão. Faz as cortesias do estilo e fala:*
Dom Quixote, sublime criatura!
Tu sim! foste leal e cavaleiro,
O último herói, o paladim extremo
De Castela e do mundo. Se teu cérebro
Toldou-se na loucura, a tua insânia
Vale mais do que o siso destes séculos
Em que a infâmia, Dagon cheio de lodo,
Recebe as orações, mirras e flores...
E a louca multidão renega o Cristo!
Tua loucura revelava brio:
No triste livro do imortal Cervantes
Não posso crer um insolente escárnio

De cavaleiro andante aos nobres sonhos,
Ao fidalgo da Mancha, cuja nódoa
Foi só ter crido em Deus e amado os homens
E votado seu braço aos oprimidos.
Aquelas folhas não me causam riso,
Mas desgosto profundo e tédio à vida.
Soldado e trovador, era impossível
Que Cervantes manchasse um valeroso
Em vil caricatura! e desse à turba,
Como presa de escárnio e de vergonha,
Esse homem que à virtude, amor e cantos
Abria o coração!...

    Estas ideias
Servem para desculpa do poeta.
Apesar de bom moço o autor da peça
Tem uns laivos talvez de Dom Quixote...
E nestes tempos de verdade e prosa
– Sem Gigantes, sem Mágicos medonhos
Que velavam nas torres encantadas
As donzelas dormidas por cem anos –
Do seu imaginar esgrime as sombras
E dá botes de lança nos moinhos.

Mas não escreve sátiras: apenas
Na idade das visões dá corpo aos sonhos,
Faz trovas e não talha carapuças,
Nem rebuça no véu do mundo antigo,
Pra realce maior, presentes vícios,
Não segue Juvenal e não embebe
Em venenoso fel a pena escura
Para nódoas pintar no manto alheio.

O tempo em que se passa agora a cena
É o século dos Bórgias. O Ariosto
Depôs na fronte a Rafael gelado
Sua c'roa divina e o segue ao túmulo.

Ticiano inda vive. O rei da turba
É um gênio maldito – o Aretino,
Que vende a alma e prostitui as crenças.
Aretino! essa incrível criatura,
Poeta sem pudor, onda de lodo
Em que do gênio profanou-se a pérola...
Vaso d'oiro que um óxido sem cura
Azinhavrou de morte... homem terrível
Que tudo profanou co'as mãos imundas,
Que latiu como um cão mordendo um século!
E, como diz um epitáfio antigo,
Só em Deus não mordeu, porque o não vira...
Como ele, foi devasso todo o século.

Os contos de Boccaccio e de Brantôme
São mais puros que a história desses tempos...
Tasso enlouquece. *O Rei que se diverte*
– O herói de Marignan e de Pavia
Que num vidro escrevera do palácio
"*Femme souvent varie*", mas leviano
Com mais amantes que um Sultão vivia –
Mandava ao Aretino amáveis letras,
Um colar d'oiro com sangrentas línguas
E dava-lhe pensões. O Vaticano
Viu o Papa beijando aquela fronte.
Carlos V o nomeia cavaleiro,
Abraça-o e – inda mais! – lhe manda escudos.
O Duque João Médici, o adora,
Dorme com ele a par no mesmo leito...
É um tempo de agonias: a arte pálida,
Suarenta, moribunda, desespera
E aguarda o funeral de Miguel Ângelo,
Para com ele abandonar o mundo
E angélica voltar ao céu dos Anjos.

Agora basta. Revelei minh'alma.
A cena descrevi onde correra

Inteira uma comédia, em vez de um ato
Se o poeta, mais forte, se atrevesse
A erguer nos versos a medonha Sombra
Da loucura fatal do mundo inteiro.

Boas noites! plateia e camarotes:
O ponto já me diz que deixe o campo,
O primeiro galã todo empoado,
Cheio de vermelhão, já dentro fala...
Estão cheios de luz os bastidores.

Uma última palavra: o autor da peça,
Puxando-me da túnica romana,
Diz-me da cena que eu avise às Damas
Que desta feita os sais não são precisos...
Não há de sarrabulho haver no palco.

É uma peça clássica. O perigo
Que pode ter lugar é vir o sono;
Mas dormir é tão bom, que certamente
Ninguém por esse dom fará barulho.

O assunto da Comédia e do Poema
Era digno sem dúvida, Senhores,
De uma pena melhor; mas desta feita
Não fala Shakespeare, nem Gil Vicente.
O poeta é novato, mas promete:
Posto que seja um homem barrigudo
E tenha por Tália o seu cachimbo
Merece aplausos e merece glória.

# SPLEEN E CHARUTOS

I
SOLIDÃO

Nas nuvens cor de cinza do horizonte
A lua amarelada a face embuça;
Parece que tem frio e, no seu leito,
Deitou, para dormir, a carapuça.

Ergueu-se... vem da noite a vagabunda
Sem xale, sem camisa e sem mantilha,
Vem nua e bela procurar amantes...
– É doida por amor da noite a filha.

As nuvens são uns frades de joelhos,
Rezam adormecendo no oratório...
Todos têm o capuz e bons narizes
E parecem sonhar o refeitório.

As árvores prateiam-se na praia,
Qual de uma fada os mágicos retiros...
Ó lua, as doces brisas que sussurram
Coam dos lábios teus como suspiros!

Falando ao coração... que nota aérea
Deste céu, destas águas se desata?
Canta assim algum gênio adormecido
Das ondas mortas no lençol de prata?

Minh'alma tenebrosa se entristece,
É muda como sala mortuária...
Deito-me só e triste sem ter fome
Vendo na mesa a ceia solitária.

Ó lua, ó lua bela dos amores,
Se tu és moça e tens um peito amigo,
Não me deixes assim dormir solteiro,
À meia-noite vem ceiar comigo!

II
MEU ANJO

Meu anjo tem o encanto, a maravilha,
Da espontânea canção dos passarinhos...
Tem os seios tão alvos, tão macios
Como o pelo sedoso dos arminhos.

Triste de noite na janela a vejo
E de seus lábios o gemido escuto.,,
É leve a criatura vaporosa
Como a frouxa fumaça de um charuto.

Parece até que sobre a fronte angélica
Um anjo lhe depôs coroa e nimbo...
Formosa a vejo assim entre meus sonhos
Mais bela no vapor do meu cachimbo.

Como o vinho espanhol, um beijo dela
Entorna ao sangue a luz do paraíso...
Dá morte num desdém, num beijo vida
E celestes desmaios num sorriso!

Mas quis a minha sina que seu peito
Não batesse por mim nem um minuto,...
E que ela fosse leviana e bela
Como a leve fumaça de um charuto!

## III
VAGABUNDO

> *Eat, drink, and love; what can the rest avail us?* [28]
> Byron, *Don Juan*.

Eu durmo e vivo ao sol como um cigano,
Fumando meu cigarro vaporoso,
Nas noites de verão namoro estrelas,
Sou pobre, sou mendigo e sou ditoso...

Ando roto, sem bolsos nem dinheiro;
Mas tenho na viola uma riqueza:
Canto à lua de noite serenatas...
E quem vive de amor não tem pobreza.

Não invejo ninguém, nem ouço a raiva
Nas cavernas do peito, sufocante,
Quando, à noite, na treva em mim se entornam
Os reflexos do baile fascinante.
Namoro e sou feliz nos meus amores,
Sou garboso e rapaz... Uma criada
Abrasada de amor por um soneto,
Já um beijo me deu subindo a escada...

Oito dias lá vão que ando cismando
Na donzela que ali defronte mora...
Ela ao ver-me sorri tão docemente!
Desconfio que a moça me namora...

Tenho por meu palácio as longas ruas,
Passeio a gosto e durmo sem temores...
Quando bebo, sou rei como um poeta,
E o vinho faz sonhar com os amores.

---

28 "Come, bebe e ama; de que pode nos valer o resto?"

O degrau das igrejas é meu trono,
Minha pátria é o vento que respiro,
Minha mãe é a lua macilenta
E a preguiça a mulher por quem suspiro.

Escrevo na parede as minhas rimas,
De painéis a carvão adorno a rua...
Como as aves do céu e as flores puras
Abro meu peito ao sol e durmo à lua.

Sinto-me um coração de *lazzaroni*,
Sou filho do calor, odeio o frio,
Não creio no diabo nem nos santos...
Rezo a Nossa Senhora e sou vadio!

Ora, se por aí alguma bela
Bem dourada e amante da preguiça,
Quiser a nívea mão unir à minha
Há de achar-me na Sé, domingo, à missa.

IV
A LAGARTIXA

A lagartixa ao sol ardente vive
E fazendo verão o corpo espicha:
O clarão de teus olhos me dá vida,
Tu és o sol e eu sou a lagartixa.

Amo-te como o vinho e como o sono,
Tu és meu copo e amoroso leito...
Mas teu néctar de amor jamais se esgota,
Travesseiro não há como teu peito.

Posso agora viver: para coroas
Não preciso no prado colher flores,
Engrinaldo melhor a minha fronte
Nas rosas mais gentis de teus amores.

Vale todo um harém a minha bela,
Em fazer-me ditoso ela capricha...
Vivo ao sol de seus olhos namorados,
Como ao sol de verão a lagartixa.

V

LUAR DE VERÃO

O que vês, trovador? – Eu vejo a lua
Que sem lavor a face ali passeia...
No azul do firmamento inda é mais pálida
Que em cinzas do fogão uma candeia.

O que vês, trovador? – No esguio tronco
Vejo erguer-se o chinó de uma nogueira...
Além se entorna a luz sobre um rochedo,
Tão liso como um pau de cabeleira.

Nas praias lisas a maré enchente
S'espraia cintilante d'ardentia...
Em vez de aromas as douradas ondas
Respiram efluviosa maresia!

O que vês, trovador? – No céu formoso
Ao sopro dos favônios feiticeiros
Eu vejo – e treino de paixão ao vê-las –
As nuvens a dormir, como carneiros.

E vejo além, na sombra do horizonte,
Como viúva moça envolta em luto,
Brilhando em nuvem negra estrela viva
Como na treva a ponta de um charuto.

Teu romantismo bebo, ó minha lua,
A teus raios divinos me abandono,
Torno-me vaporoso... e só de ver-te
Eu sinto os lábios meus se abrir de sono.

# VI
O POETA MORIBUNDO

Poetas! amanhã ao meu cadáver
Minha tripa cortai mais sonorosa!...
Façam dela uma corda e cantem nela
Os amores da vida esperançosa!

Cantem esse verão que me alentava...
O aroma dos currais, o bezerrinho
As aves que na sombra suspiravam
E os sapos que cantavam no caminho!

Coração, por que tremes? Se esta lira
Nas minhas mãos sem força desafina,
Enquanto ao cemitério não te levam,
Casa no marimbau a alma divina!
Eu morro qual nas mãos da cozinheira
O marreco piando na agonia...
Como o cisne de outrora... que gemendo
Entre os hinos de amor se enternecia.

Coração, por que tremes? Vejo a morte,
Ali vem lazarenta e desdentada...
Que noiva!... E devo então dormir com ela?
Se ela ao menos dormisse mascarada!

Que ruínas! que amor petrificado!
Tão antediluviano e gigantesco!
Ora, façam ideia que ternuras
Terá essa lagarta posta ao fresco!

Antes mil vezes que dormir com ela,
Que dessa fúria o gozo, amor eterno
Se ali não há também amor de velha
Deem-me as caldeiras do terceiro Inferno!

No inferno estão suavíssimas belezas,
Cleópatras, Helenas, Eleonoras...
Lá se namora em boa companhia,
Não pode haver inferno com Senhoras!

Se é verdade que os homens gozadores,
Amigos de no vinho ter consolos,
Foram com Satanás fazer colônia,
Antes lá que do Céu sofrer os tolos!
Ora! e forcem um'alma qual a minha,
Que no altar sacrifica ao Deus-Preguiça,
A cantar ladainha eternamente
E por mil anos ajudar a Missa!

# É ELA! É ELA! É ELA! É ELA!

É ela! é ela! – murmurei tremendo,
E o eco ao longe murmurou – é ela!...
Eu a vi... minha fada aérea e pura,
A minha lavadeira na janela!

Dessas águas-furtadas onde eu moro
Eu a vejo estendendo no telhado
Os vestidos de chita, as saias brancas...
Eu a vejo e suspiro enamorado!

Esta noite eu ousei mais atrevido
Nas telhas que estalavam nos meus passos
Ir espiar seu venturoso sono,
Vê-la mais bela de Morfeu nos braços!

Como dormia! que profundo sono!...
Tinha na mão o ferro do engomado...
Como roncava maviosa e pura!
Quase caí na rua desmaiado!

Afastei a janela, entrei medroso:
Palpitava-lhe o seio adormecido...
Fui beijá-la... roubei do seio dela
Um bilhete que estava ali metido...

Oh! Decerto ... (pensei) é doce página
Onde a alma derramou gentis amores!...
São versos dela... que amanhã decerto
Ela me enviará cheios de flores...

Tremi de febre! Venturosa folha!
Quem pousasse contigo neste seio!
Como Otelo beijando a sua esposa,
Eu beijei-a a tremer de devaneio...

É ela! é ela! – repeti tremendo,
Mas cantou nesse instante uma coruja...
Abri cioso a página secreta...
Oh! meu Deus! era um rol de roupa suja!

Mas se Werther morreu por ver Carlota
Dando pão com manteiga às criancinhas,
Se achou-a assim mais bela... eu mais te adoro
Sonhando-te a lavar as camisinhas!

É ela! é ela! meu amor, minh'alma,
A Laura, a Beatriz que o céu revela...
É ela! é ela! – murmurei tremendo,
E o eco ao longe suspirou – é ela!

# TERCEIRA PARTE

## MEU DESEJO

Meu desejo? era ser a luva branca
Que essa tua gentil mãozinha aperta,
A camélia que murcha no teu seio,
O anjo que por te ver do céu deserta...

Meu desejo? era ser o sapatinho
Que teu mimoso pé no baile encerra...
A esperança que sonhas no futuro,
As saudades que tens aqui na terra...

Meu desejo? era ser o cortinado
Que não conta os mistérios de teu leito,
Era de teu colar de negra seda
Ser a cruz com que dormes sobre o peito.

Meu desejo? era ser o teu espelho
Que mais bela te vê quando deslaças
Do baile as roupas de escumilha e flores
E mira-te amoroso as nuas graças!
Meu desejo? era ser desse teu leito
De cambraia o lençol, o travesseiro
Com que velas o seio, onde repousas,
Solto o cabelo, o rosto feiticeiro...

Meu desejo? era ser a voz da terra
Que da estrela do céu ouvisse amor!
Ser o amante que sonhas, que desejas
Nas cismas encantadas de langor!

## SONETO

Um mancebo no jogo se descora,
Outro bêbedo passa noite e dia,
Um tolo pela valsa viveria,
Um passeia a cavalo, outro namora.

Um outro que uma sina má devora
Faz das vidas alheias zombaria,
Outro toma rapé, um outro espia...
Quantos moços perdidos vejo agora!

Oh! não proíbam, pois, no meu retiro
Do pensamento ao merencório luto
A fumaça gentil por que suspiro.

Numa fumaça o canto d'alma escuto...
Um aroma balsâmico respiro,
Oh! deixai-me fumar o meu charuto!

## SONETO

Ao sol do meio-dia eu vi dormindo
Na calçada da rua um marinheiro,
Roncava a todo o pano o tal brejeiro
Do vinho nos vapores se expandindo!

Além um espanhol eu vi sorrindo,
Saboreando um cigarro feiticeiro,
Enchia de fumaça o quarto inteiro...
Parecia de gosto se esvaindo!

Mais longe estava um pobretão careca
De uma esquina lodosa no retiro
Enlevado tocando uma rabeca!...

Venturosa indolência! não deliro
Se morro de preguiça... o mais é seca!
Desta vida o que mais vale um suspiro?

## POR QUE MENTIAS?

Por que mentias, leviana e bela,
Se minha face pálida sentias
Queimada pela febre?... e minha vida
Tu vias desmaiar... por que mentias?

Acordei da ilusão! a sós morrendo
Sinto na mocidade as agonias.
Por tua causa desespero e morro...
Leviana sem dó, por que mentias?

Sabe Deus se te amei! sabem as noites
Essa dor que alentei, que tu nutrias!
Sabe este pobre coração que treme
Que a esperança perdeu porque mentias!

Vê minha palidez: a febre lenta...
Este fogo das pálpebras sombrias...
Pousa a mão no meu peito... Eu morro! eu morro!
Leviana sem dó, por que mentias?

## [TODA AQUELA MULHER TEM A PUREZA]

Toda aquela mulher tem a pureza
Que exala o jasmineiro no perfume,
Lampeja seu olhar nos olhos negros
Como, em noite d'escuro, um vagalume...

Que suave moreno o de seu rosto!
A alma parece que seu corpo inflama...
Simula até que sobre os lábios dela
Na cor vermelha tem errante chama...

E quem dirá, meu Deus! que a lira d'alma
Ali não tem um som – nem de falsete!
E, sob a imagem de aparente fogo,
É frio o coração como um sorvete!

## AMOR

*Quand la mort est si belle,*
*Il est doux de mourir.*[29]
V. Hugo

Amemos! quero de amor
Viver no teu coração!
Sofrer e amar essa dor
Que desmaia de paixão!
Na tu'alma, em teus encantos
E na tua palidez
E nos teus ardentes prantos
Suspirar de languidez!

Quero em teus lábios beber
Os teus amores do céu!
Quero em teu seio morrer
No enlevo do seio teu!
Quero viver d'esperança!
Quero tremer e sentir!
Na tua cheirosa trança
Quero sonhar e dormir!

---

29 "Quando a morte é bela, é suave morrer."

Vem, anjo, minha donzela,
Minh'alma, meu coração...
Que noite! que noite bela!
Como é doce a viração!
E entre os suspiros do vento,
Da noite ao mole frescor,
Quero viver um momento,
Morrer contigo de amor!

## FANTASIA

*Quanti dolci pensier, quanto disio!* [30]
Dante

*C'est alors que ma voix
Murmure un nom tout bas... c'est alors que je vois
M'apparaître à demi, jeune, voluptueuse,
Sur ma couche penchée une femme amoureuse!*
..................................................................................
*Oh! toi que j'ai rêvée,
Femme à mes longs baisers si souvent enlevée,
Ne viendras-tu jamais?* [31]
Ch. Dovalle

À noite sonhei contigo...
E o sonho cruel maldigo
Que me deu tanta ventura.
Uma estrelinha que vaga
Em céu de inverno e se apaga
Faz a noite mais escura!

---
30 "Que desejo, que doces pensamentos!"
31 "Aí, minha voz, baixinho, murmura um nome, então, eu vejo, jovem, voluptuosa, como que debruçada, aparecer em meu leito, amorosa, uma mulher. Oh! Mulher com quem sonhei, que com tanto ardor beijei, em meio a tanto enlevo, não virás tu, jamais?"

Eu sonhava que sentia
Tua voz que estremecia
Nos meus beijos se afogar!
Que teu rosto descorava
E teu seio palpitava
E eu te via a desmaiar!

Que eu te beijava tremendo,
Que teu rosto enfebrecendo
Desmaiava a palidez!
Tanto amor tua alma enchia
E tanto fogo morria
Dos olhos na languidez!

E depois... dos meus abraços,
Tu caíste, abrindo os braços,
Gélida, dos lábios meus...
Tu parecias dormir,
Mas debalde eu quis ouvir
O alento dos seios teus...

E uma voz, uma harmonia
No teu lábio que dormia
Desconhecida acordou,
Falava em tanta ventura,
Tantas notas de ternura
No meu peito derramou!

O soído harmonioso
Falava em noites de gozo
Como nunca eu as senti.
Tinha músicas suaves,
Como no canto das aves,
De manhã eu nunca ouvi!

Parecia que no peito
Nesse quebranto desfeito

Se esvaía o coração...
Que meu olhar se apagava,
Que minhas veias paravam
E eu morria de paixão...

E depois... num santuário
Junto do altar solitário
Perto de ti me senti,
Dormias junto de mim...
E um anjo nos disse assim:
"Pobres amantes, dormi!"

Tu eras inda mais bela...
O teu leito de donzela
Era coberto de flores...
Tua fronte empalecida,
Frouxa a pálpebra descida,
Meu Deus! que frio palor!...

Dei-te um beijo... despertaste,
Teus cabelos afastaste,
Fitando os olhos em mim...
Que doce olhar de ternura!
Eu só queria a ventura
De um olhar suave assim!

Eu dei-te um beijo, sorrindo
Tremeste os lábios abrindo,
Repousaste ao peito meu...
E senti nuvens cheirosas,
Ouvi liras suspirarem,
Rompeu-se a névoa... era o céu!

Caía chuva de flores
E luminosos vapores
Davam azulada luz...
E eu acordei... que delírio!

Eu sonho findo o martírio
E acordo pregado à cruz!

## LÁGRIMAS DA VIDA

*On pouvait à vingt ans le clouer dans la bière*
*– Cadavre sans illusions...* [32]
Théoph. Gautier

*Je me suis assis en blasphémant sur le borddu chemin.*
*Et je me suis dit: – je n'irai pas plusloin. Mais je suis bien jeune encore*
*pour mourir, n'est-ce pas, Jane?* [33]
George Sand, Aldo

Se tu souberas que lembrança amarga
Que pensamento desflorou meus dias,
Oh! tu não creras meu sorrir leviano,
Nem minhas insensatas alegrias!

Quando junto de ti eu sinto, às vezes,
Em doce enleio desvairar-me o siso,
Nos meus olhos incertos sinto lágrimas...
Mas da lágrima em troco eu temo um riso!

O meu peito era um templo – ergui nas aras
Tua imagem que a sombra perfumava...
Mas ah! emurcheceste as minhas flores!
Apagaste a ilusão que o aviventava!

E por te amar, por teu desdém, perdi-me...
Tresnoitei-me nas orgias macilento,
Brindei blasfemo ao vício e da minh'alma
Tentei me suicidar no esquecimento!

---

32 "Aos vinte anos, já era um homem morto – Cadáver sem ilusões..."
33 "Estou sentado à beira do caminho, blasfemando. E digo a mim mesmo: eu não irei muito longe. Ainda sou tão jovem para morrer, não é, Jane?"

Como um corcel abate-se na sombra,
A minha crença agoniza e desespera...
O peito e lira se estalaram juntos...
E morro sem ter tido primavera!

Como o perfume de uma flor aberta
Da manhã entre as nuvens se mistura,
A minh'alma podia em teus amores
Como um anjo de Deus sonhar ventura!

Não peço o teu amor... eu quero apenas
A flor que beijas para a ter no seio...
E teus cabelos respirar medroso...
E a teus joelhos suspirar d'enleio!

E quando eu durmo... e o coração ainda
Procura na ilusão tua lembrança,
Anjo da vida passa nos meus sonhos
E meus lábios orvalha d'esperança!

## SONETO

Os quinze anos de uma alma transparente,
O cabelo castanho, a face pura,
Uns olhos onde pinta-se a candura
De um coração que dorme, inda inocente...

Um seio que estremece de repente
Do mimoso vestido na brancura...
A linda mão na mágica cintura...
E uma voz que inebria docemente...

Um sorrir tão angélico, tão santo...
E nos olhos azuis cheios de vida
Lânguido véu de involuntário pranto...

É esse o talismã, é essa a Armida,
O condão de meus últimos encantos,
A visão de minh'alma distraída!

## LEMBRANÇA DOS QUINZE ANOS

*Et pourtant sans plaisir je dépense la vie;*
*Et souvent quand, pour moi, les heures de la nuit*
*S'écoulent sans sommeil, sans songes, sans bruit,*
*Il passe dans mon coeur de brillantes pensées,*
*D'invincibles désirs, de fougues insensées!* [34]
Ch. Dovalle

*... Heureux qui, dès les premiers ans,*
*A senti de son sang, dans ses veines stagnantes,*
*Couler d'un pas égal les ondes languissantes;*
*Dont les désirs jamais n'ont troublé la raison;*
*Pour qui les yeux n'ont point de suave poison.* [35]
André Chénier

Nos meus quinze anos eu sofria tanto!
Agora enfim meu padecer descansa...
Minh'alma emudeceu, na noite dela
Adormeceu a pálida esperança!

Já não sinto ambições e se esvaíram
As vagas formas, a visão confusa
De meus dias de amor, nem doces voltam
Os sons aéreos da divina Musa!

Porventura é melhor as brandas fibras
Embotadas sentir nessa dormência...

---

[34] "E, todavia, sem prazer eu levo a vida; / E quando para mim se escoa, tantas vezes, / A noite sem sono, sem sonho e sem ruído, / Pensamentos de luz se passam dentro de mim, / De desejos eternos, de arroubos insensatos."
[35] "Feliz aquele que em seus verdes anos, / Sentiu o sangue nas veias paradas / Fluir em passo igual, lânguidas ondas; / Cujo desejo não turvou a razão; / Pra quem os olhos não têm sedução."

E viver esta vida... e na modorra
Repousar-se na sombra da existência!

E que noites de sôfrego desejo!
Que pressentir de uma volúpia ardente!
Que noites de esperança e desespero!
E que fogo no sangue incandescente!

Minh'alma juvenil era uma lira
Que ao menor bafejar estremecia...
A triste decepção rompeu-lhe as cordas...
Só vibra num prelúdio d'agonia!

Quanto, quanto sonhei! como velava
Cheio de febre, ansioso de ternuras!
Como era virgem o meu lábio ardente!
A alma tão santa! as emoções tão puras!

Como o peito sedento palpitava
Ao roçar de um vestido, à voz divina
De uma pálida virgem! ao murmúrio
De uns passos de mulher pela campina!

E como t'esperei, anjo dos sonhos,
Ideal de mulher que me sorrias,
E me beijando nesta fronte pálida
A um mundo belo de ilusões me erguias!

O meu peito era um eco de murmúrios...
De delírio vivi como os insanos!
Nos meus quinze anos eu sofria tanto!
Ardi ao fogo dos primeiros anos!

Agora vivo no deserto d'alma...
Um mundo de saudade ali dormita...
Não o quero acordar... oh! não ressurjam
Aquelas sombras na minh'alma aflita!

Mas por que volves os teus olhos negros
Tão langues sobre mim? Ilná, suspiras?
Por que derramas tanto amor nos olhos?
Eu não posso te amar e tu deliras.

Também a aurora tem neblina e sombras,
E há vozes que emudece a desventura,
Há flores em botão que se desfolham,
E a alma também morre prematura.
Repousa no meu peito o meu passado,
Minh'alma adormeceu por um momento...
Sou a flor sem perfume em sol d'inverno...
Uma lousa que encerra? – o esquecimento!...

Não me fales de amor... um teu suspiro
Tantos sonhos no peito me desperta!...
Sinto-me reviver e como outrora
Beijo tremendo uma visão incerta...

Ah! quando as belas esperanças murcham
E o gênio dorme e a vida desencanta,
D'almas estéreis a ironia amarga
E a morte sobre os sonhos se levanta...

Embora fundo o sono do descrido
E o silêncio do peito e seu retiro...
Inda pode inflamar muitos amores
O sussurro de um lânguido suspiro!

# MEU SONHO

EU

Cavaleiro das armas escuras,
Onde vais pelas trevas impuras
Com a espada sanguenta na mão?
Por que brilham teus olhos ardentes
E gemidos nos lábios frementes

Vertem fogo do teu coração?
Cavaleiro, quem és? – O remorso?
Do corcel te debruças no dorso...
E galopas do vale através...
Oh! da estrada acordando as poeiras
Não escutas gritar as caveiras
E morder-te o fantasma nos pés?
Onde vais pelas trevas impuras,
Cavaleiro das armas escuras,
Macilento qual morto na tumba?...
Tu escutas... Na longa montanha
Um tropel teu galope acompanha?
E um clamor de vingança retumba?
Cavaleiro, quem és? que mistério...
Quem te força da morte no império
Pela noite assombrada a vagar?

O FANTASMA

Sou o sonho de tua esperança,
Tua febre que nunca descansa,
O delírio que te há de matar!...

# O CÔNEGO FILIPE

O cônego Filipe! Ó nome eterno!
Cinzas ilustres que da terra escura,
Fazeis rir nos ciprestes as corujas!
Por que tão pobre lira o céu doou-me
Que não consinta meu inglório gênio
Em vasto e heroico poema decantar-te?

Voltemos ao assunto. A minha musa,
Como um falado imperador romano,
Distrai-se, às vezes, apanhando moscas.
Por estradas mais longas ando sempre:
Com o cônego ilustre me pareço,
Quando ele já sentia vir o sono,
Para poupar caminho até a vela,
Sobre a vela atirava a carapuça.
Então, no escuro, em camisola branca,
Ia apalpando procurar na sala –
Para o queijo flamengo da careca
Dos defluxos guardar – o negro saco.

À ordem, Musa! Canta agora como
O poeta Ali-Moon no harém entrando,
Como um poeta que enamora a lua,
Ou que beija uma estátua de alabastro,
Suando de calor... de sol e amores...
Cantava no alaúde enamorado!
E como ele saiu-se do namoro...
Assunto bem moral, digno de prêmio,
E interessante como um catecismo...
Que tem ares até de ladainha!

Quem não sonhou a terra do Levante?
As noites do Oriente, o mar, as brisas,
Toda aquela suave natureza
Que amorosa suspira e encanta os olhos?

Principio no harém. Não é tão novo...
Mas esta vida é sempre deleitosa.
As almas d'homem ao harém se voltam...
Ser um dia sultão quem não deseja?

Quem não quisera das sombrias folhas
Nas horas do calor, junto do lago,
As odaliscas espreitar no banho
E mais bela a sultana entre as formosas?

Mas ah! o plágio nem perdão merece!
Digam – pega ladrão! Confesso o crime:
Não é Ovídio só que imito e sonho,
Quando pinta Acteon fitando os olhos
Nas formas nuas de Diana virgem!
Não! embora eu aqui não fale em ninfas,

Essa ideia é do cônego Filipe!

## TRINDADE

A *vida* é uma planta misteriosa
Cheia d'espinhos, negra de amarguras,
Onde só abrem duas flores puras
    – Poesia e amor...

E a *mulher*... é a nota suspirosa
Que treme d'alma a corda estremecida,
– É fada que nos leva além da vida
    Pálidos de langor!

A *poesia* é a luz da mocidade –
O amor é o poema dos sentidos,
A febre dos momentos não dormidos
    E o sonhar da ventura...

Voltai, sonhos de amor e de saudade!
Quero ainda sentir arder-me o sangue,
Os olhos turvos, o meu peito langue...
    E morrer de ternura!

## SONETO

Já da morte o palor me cobre o rosto,
Nos lábios meus o alento desfalece,
Surda agonia o coração fenece,
E devora meu ser mortal desgosto!

Do leito embalde no macio encosto
Tento o sono reter!... já esmorece
O corpo exausto que o repouso esquece...
Eis o estado em que a mágoa me tem posto!

O adeus, o teu adeus, minha saudade,
Fazem que insano do viver me prive
E tenha os olhos meus na escuridade,
Dá-me a esperança com que o ser mantive!
Volve ao amante os olhos por piedade,
Olhos por quem viveu quem já não vive!

## MINHA AMANTE

*Coração de mulher, qual filomela,*
*É todo amor e canto ao pé da noite.*
    João de Lemos

*Fulcite me floribus... quia amore langueo.*[36]
    Cant. Canticorum

---

36 "Sustentai-me com flores... porque desfaleço de amor. Cântico dos Cânticos"

Ah! volta inda uma vez! foi só contigo
Que, à noite, de ventura eu desmaiava...
E só nos lábios teus eu me embebia
    De volúpias divinas!

Volta, minha ventura! eu tenho sede
Desses beijos ardentes que os suspiros
Ofegando interrompem! quantas noites
    Fui ditoso contigo!

E quantas vezes te embalei tremendo
Sobre os joelhos meus! Quanto amorosa
Unindo à minha tua face pálida
    De amor e febre ardias!

Oh! volta inda uma vez! ergue-se a lua,
Formosa como dantes, é bem noite,
Na minha solidão brilha, de novo,
    Estrela de minh'alma!

Desmaio-me de amor, descoro e tremo...
Morno suor me banha o peito langue...
Meu olhar se escurece e eu te procuro
    Com os lábios sedentos!

Oh! quem pudera sempre em teus amores
Sobre teu seio perfumar seus dias,
Beijar a tua fronte e em teus cabelos
    Respirar ebrioso!

És a coroa de meus anos breves,
És a corda de amor d'íntima lira,
O canto ignoto, que me enleva em sonhos
    De saudosas ternuras!

E tu és como a lua: inda és mais bela,
Quando a sombra nos vales se derrama,

Astro misterioso à meia-noite
   Te revela a minh'alma!

Oh! minha lira, ó viração noturna,
Flores, sombras do vale, à minha amante...
Dizei que nesta noite de desejos
   E de ternuras morro!

## EUTANÁSIA

Ergue-te daí, velho! ergue essa fronte onde o passado afundou suas rugas como o vendaval no Oceano, onde a morte assombrou sua palidez como na face do cadáver, onde o *simoun* do tempo ressicou os anéis louros do mancebo nas cãs alvacentas de ancião?

Por que tão lívido, ó monge taciturno, debruças a cabeça macilenta no peito que é murcho, onde mal bate o coração sobre a cogula negra do asceta?

Escuta: a lua ergueu-se hoje mais prateada nos céus cor-de-rosa do verão, as montanhas se azulam no crepuscular da tarde e o mar cintila seu manto azul palhetado de aljôfares. A hora da tarde é bela, quem aí na vida lhe não sagrou uma lágrima de saudade?

Tens os olhares turvos, luzem-te baços os olhos negros nas pálpebras roxas e o beijo frio da doença te azulou nos lábios a tinta do moribundo. E por que te abismas em fantasias profundas, sentado à borda de um fosso aberto, sentado na pedra de um túmulo?

Por que pensá-la... a noite dos mortos, fria e trevosa como os ventos de inverno? Por que antes não banhas tua fronte nas virações da infância, nos sonhos de moço? Sob essa estamenha não arfa um coração que palpitara outrora por uns olhos gázeos de mulher?

Sonha!... sonha antes no passado, no passado belo e doirado em seu dossel de escarlate, em seus mares azuis, em suas luas límpidas e suas estrelas românticas.

O velho ergueu a cabeça. Era uma fronte larga e calva, umas faces contraídas e amarelentas, uns lábios secos, gretados, em que sobreaguava amargo sorriso, uns olhares onde a febre tresnoitava suas insônias...

E quem to disse – que a morte é a noite escura e fria, o leito de terra úmida, a podridão e o lodo? Quem to disse – que a morte não era mais bela que as flores sem cheiro da infância, que os perfumes peregrinos e sem flores da adolescência? Quem to disse – que a vida não é uma mentira? – que a morte não é o leito das trêmulas venturas?

## DESPEDIDAS À...

Se entrares, ó meu anjo, alguma vez
Na solidão onde eu sonhava em ti,
Ah! vota uma saudade aos belos dias
    Que a teus joelhos pálido vivi!

Adeus, minh'alma, adeus! eu vou chorando...
Sinto o peito doer na despedida...
Sem ti o mundo é um deserto escuro
    E tu és minha vida...

Só por teus olhos eu viver podia
E por teu coração amar e crer...
Em teus braços minh'alma unir à tua
    E em teu seio morrer!

Mas se o fado me afasta da ventura,
Levo no coração a tua imagem...
De noite mandarei-te os meus suspiros
    No murmúrio da aragem!

Quando a noite vier saudosa e pura,
Contempla a estrela do pastor nos céus,
Quando a ela eu volver o olhar em pranto...
    Verei os olhos teus!

Mas antes de partir, antes que a vida,
Se afogue numa lágrima de dor,
Consente que em teus lábios num só beijo
    Eu suspire de amor!

Sonhei muito! sonhei noites ardentes
Tua boca beijar... eu o primeiro!
A ventura negou-me... mesmo até
    O beijo derradeiro!

Só contigo eu podia ser ditoso,
Em teus olhos sentir os lábios meus!
Eu morro de ciúme e de saudade...
    Adeus, meu anjo, adeus!

## TERZA RIMA

É belo dentre a cinza ver ardendo
Nas mãos do fumador um bom cigarro,
Sentir o fumo em névoas recendendo...

Do cachimbo alemão no louro barro
Ver a chama vermelha estremecendo
E até... perdoem... respirar-lhe o sarro!
Porém o que há mais doce nesta vida,
O que das mágoas desvanece o luto
E dá som a uma alma empobrecida,
Palavra d'honra, és tu, Ó meu charuto!

## PANTEÍSMO

MEDITAÇÃO

*O dia descobre a terra: a noite descortina os céus.*
Marquês de Maricá

Eu creio, amigo, que a existência inteira
É um mistério talvez: mas n'alma sinto,
De noite e dia respirando flores,
Sentindo as brisas, recordando aromas

E esses ais que ao silêncio a sombra exala
E enchem o coração de ignota pena,
Como a íntima voz de um ser amigo...
Que essas tardes e brisas, esse mundo
Que na fronte do moço entorna flores,
Que harmonias embebem-lhe no seio,
Têm uma alma também que vive e sente...

A natureza bela e sempre virgem,
Com suas galas gentis na fresca aurora,
Com suas mágoas na tarde escura e fria...
E essa melancolia e morbideza
Que nos eflúvios do luar ressumbra,
Não é apenas uma lira muda
Onde as mãos do poeta acordam hinos
E a alma do sonhador lembranças vibra.

Por essas fibras da natura viva,
Nessas folhas e vagas, nesses astros,
Nessa mágica luz que me deslumbra
E enche de fantasia até meus sonhos,
Palpita porventura um almo sopro,
– Espírito do céu que as reanima!
E talvez lhes murmura em horas mortas
Estes sons de mistério e de saudade,
Que lá no coração repercutidos
O gênio acordam que enlanguesce e canta!

Eu o creio, Luís! também às flores
Entre o perfume vela uma alma pura,
Também o sopro dos divinos anjos
Anima essas corolas setinosas!
No murmúrio das águas no deserto,
Na voz perdida, no dolente canto
Da ave de arribação das águas verdes,
No gemido das folhas na floresta,
Nos ecos da montanha, no arruído

Das folhas secas que estremece o outono,
Há lamentos sentidos, como prantos
Que exala a pena de subida mágoa.

E Deus? – eu creio nele como a alma
Que pensa e ama nessas almas todas,
Que as ergue para o céu e que lhes verte,
Como orvalho noturno em seus ardores,
O amor, sombra do céu, reflexo puro
Da auréola das virgens de seu peito!
Essa terra, esse mundo, o céu e as ondas,
Flores, donzelas – essas almas cândidas,
Beija-as o senhor Deus na fronte límpida,
Arreia-as de pureza e amor sem nódoa...
E à flor dá a ventura das auroras,
Os amores do vento que suspira...
Ao mar a viração, o céu às aves,
Saudades à alcion, sonhos à virgem
E ao homem pensativo e taciturno,
À criatura pálida que chora
– Essa flor que ainda murcha tem perfumes,
Esse momento que suaviza os lábios,
Que eterniza na vida um céu de enleio...
O amor primeiro das donzelas tristes.

São ideias talvez... Embora riam
Homens sem alma, estéreis criaturas,
Não posso desamar as utopias,
Ouvir e amar, à noite, entre as palmeiras,
Na varanda ao luar o som das vagas,
Beijar nos lábios uma flor que murcha,
E crer em Deus como alma animadora
Que não criou somente a natureza,
Mas que ainda a relenta em seu bafejo,
Ainda influi-lhe no sequioso seio
De amor e vida a eternal centelha!

Por isso, ó meu amigo, à meia-noite
Eu deito-me na relva umedecida,
Contemplo o azul do céu, amo as estrelas,
Respiro aromas... e o arquejante peito
Parece remoçar em tanta vida,
Parece-me alentar-se em tanta mágoa,
Tanta melancolia! e nos meus sonhos,
Filho de amor e Deus, eu amo e creio!

## DESÂNIMO

Estou agora triste. Há nesta vida
Páginas torvas que se não apagam,
Nódoas que não se lavam... se esquecê-las
De todo não é dado a quem padece...
Ao menos resta ao sonhador consolo
No imaginar dos sonhos de mancebo!

Oh! voltai uma vez! eu sofro tanto!
Meus sonhos, consolai-me! distraí-me!
Anjos das ilusões, as asas brancas
As névoas puras, que outro sol matiza.
Abri ante meus olhos que abraseiam
E lágrimas não tem que a dor do peito
Transbordem um momento...

E tu, imagem,
Ilusão de mulher, querido sonho,
Na hora derradeira, vem sentar-te,
Pensativa e saudosa no meu leito!

O que sofres? que dor desconhecida
Inunda de palor teu rosto virgem?
Por que tu'alma dobra taciturna,
Como um lírio a um bafo d'infortúnio?
Por que tão melancólica suspiras?

Ilusão, ideal, a ti meus sonhos,
Como os cantos a Deus se erguem gemendo!
Por ti meu pobre coração palpita...
Eu sofro tanto! meus exaustos dias
Não sei por que logo ao nascer manchou-os
De negra profecia um Deus irado.
Outros meu fado invejam... Que loucura!
Que valem as ridículas vaidades
De uma vida opulenta, os falsos mimos
De gente que não ama? Até o gênio
Que Deus lançou-me à doentia fronte,
Qual semente perdida num rochedo,
Tudo isso que vale, se padeço!

Nessas horas talvez em mim não pensas:
Pousas sombria a desmaiada face
Na doce mão e pendes-te sonhando
No teu mundo ideal de fantasia...
Se meu orgulho, que fraqueia agora,
Pudesse crer que ao pobre desditoso
Sagravas uma ideia, uma saudade...
Eu seria um instante venturoso!
Mas não... ali no baile fascinante,
Na alegria brutal da noite ardente,
No sorriso ebrioso e tresloucado
Daqueles homens que, pra rir um pouco,
Encobrem sob a máscara o semblante,
Tu não pensas em mim. Na tua ideia
Se minha imagem retratou-se um dia
Foi como a estrela peregrina e pálida
Sobre a face de um lago...

## O LENÇO DELA

Quando, a primeira vez, da minha terra
Deixei as noites de amoroso encanto,
A minha doce amante suspirando
Volveu-me os olhos úmidos de pranto.

Um romance cantou de despedida,
Mas a saudade amortecia o canto!
Lágrimas enxugou nos olhos belos...
E deu-me o lenço que molhava o pranto.

Quantos anos, contudo, já passaram!
Não olvido porém amor tão santo!
Guardo ainda num cofre perfumado
O lenço dela que molhava o pranto...

Nunca mais a encontrei na minha vida,
Eu contudo, meu Deus, amava-a tanto!
Oh! quando eu morra estendam no meu rosto
O lenço que eu banhei também de pranto!

## RELÓGIOS E BEIJOS

*– Traduzido de Henrique Heine*

Quem os relógios inventou? Decerto
Algum homem sombrio e friorento:
Numa noite de inverno, tristemente
Sentado na lareira ele cismava,
Ouvindo os ratos a roer na alcova
E o palpitar monótono do pulso.

Quem o beijo inventou? Foi lábio ardente,
Foi boca venturosa, que vivia

Sem um cuidado mais que dar beijinhos...
Era no mês de maio. As flores cândidas
A mil abriam sobre a terra verde,
O sol brilhou mais vivo em céu d'esmalte
E cantaram mais doce os passarinhos.

## NAMORO A CAVALO

Eu moro em Catumbi: mas a desgraça,
Que rege minha vida maldada,
Pôs lá no fim da rua do Catete
A minha Dulcineia namorada.

Alugo (três mil réis) por uma tarde
Um cavalo de trote (que esparrela!)
A minha namorada na janela...

Todo o meu ordenado vai-se em flores
E em lindas folhas de papel bordado...
Onde eu escrevo trêmulo, amoroso,
Algum verso bonito... mas furtado.

Morro pela menina, junto dela
Nem ouso suspirar de acanhamento...
Se ela quisesse eu acabava a história
Como toda a comédia – em casamento...

Ontem tinha chovido... Que desgraça!
Eu ia a trote inglês ardendo em chama,
Mas lá vai senão quando... uma carroça
Minhas roupas tafuis encheu de lama...

Eu não desanimei. Se Dom Quixote
No Rocinante erguendo a larga espada
Nunca voltou de medo, eu, mais valente,
Fui mesmo sujo ver a namorada...

Mas eis que no passar pelo sobrado,
Onde habita nas lojas minha bela,
Por ver-me tão lodoso ela irritada
Bateu-me sobre as ventas a janela...

O cavalo ignorante de namoro,
Entre dentes tomou a bofetada,
Arrepia-se, pula e dá-me um tombo
Com pernas para o ar, sobre a calçada...

Dei ao diabo os namoros. Escovado
Meu chapéu que sofrera no pagode...
Dei de pernas corrido e cabisbaixo
E berrando de raiva como um bode.

Circunstância agravante. A calça inglesa
Rasgou-se no cair de meio a meio,
O sangue pelas ventas me corria
Em paga do amoroso devaneio!...

## PÁLIDA IMAGEM

*– J'ai cru que j'oublierais; mais j'avais mal sondé*
*Les abîmes du coeur que remplit un seul rêve:*
*Le souvenir est là, le souvenir se lève*
*Flot toujours renaissant et toujours débordé.*[37]
                                    Turquéty

No delírio da ardente mocidade
Por tua imagem pálida vivi!
A flor do coração no amor dos anjos
    Orvalhei-a por ti!

---

37 "Eu pensei em te esquecer porque não conhecia / Os abismos do coração de um só anseio. / Ainda vive a lembrança, a lembrança é o veio / Que renasce, transborda e minha alma receia."

O expirar de teu canto lamentoso
Sobre teus lábios que o palor cobria,
Minhas noites de lágrimas ardentes
    E de sonhos enchia!

Foi por ti que eu pensei que a vida inteira
Não valia uma lágrima... sequer,
Senão num beijo trêmulo de noite...
    Num olhar de mulher!

Mesmo nas horas de um amor insano,
Quando em meus braços outro seio ardia,
A tua imagem pálida passando
    A minh'alma perdia.

Sempre e sempre teu rosto – as negras tranças,
Tua alma nos teus olhos se expandindo!
E o colo de cetim que pulsa e geme
    E teus lábios sorrindo!

Nas longas horas do sonhar da noite
No teu peito eu sonhava que dormia;
Pousa em meu coração a mão de neve......
    Treme... como tremia.

Como palpita agora se afogando
Na morna languidez do teu olhar...
Assim viveu e morrerá sonhando
    Em teus seios amar!

Se a vida é lírio que a paixão desflora,
Meu lírio virginal eu conservei...
Somente no passado tive sonhos
    E outrora nunca amei!

Foi por ti que na ardente mocidade
Por uma imagem pálida vivi!

E a flor do coração no amor dos anjos
    Orvalhei... só por ti!

## SEIO DE VIRGEM

> *Quand on te voit, il vient à maints*
> *Une envie dedans tes mains*
> *De te tâter, de te tenir...*[38]
> Clément Marot

O que sonho noite e dia,
E à alma traz-me poesia
E me torna a vida bela...
O que num brando roçar
Faz meu peito se agitar,
É o teu seio, donzela!

Oh! quem pintara o cetim
Desses limões de marfim,
Os leves cerúleos veios
Na brancura deslumbrante
E o tremido de teus seios?
Quando os vejo... de paixão
Sinto pruridos na mão
De os apalpar e conter...
Sorriste do meu desejo?
Loucura! bastava um beijo
Para neles se morrer!

Minhas ternuras, donzela,
Voltei-as à forma bela
Daqueles frutos de neve...
Ai!... duas cândidas flores
Que o pressentir dos amores
Faz palpitarem de leve.

---
38 "Todas as vezes que eu te vejo, / Vem-me às mãos um grande desejo / De te tocar, de ter-te em mim..."

Mimosos seios, mimosos,
Que dizem voluptuosos:
"Amai, poetas, amai!
Que misteriosas venturas
Dormem nessas rosas puras
E se acordarão num ai!"

Que lírio, que nívea rosa,
Ou camélia cetinosa
Tem uma brancura assim?
Que flor da terra ou do céu,
Que valha do seio teu
Esse morango ou rubim?

Quantos encantos sonhados
Sinto estremecer velados
Por teu cândido vestido!
Sem ver teu seio, donzela,
Suas delícias revela
O poeta embevecido!

Donzela, feliz do amante
que teu seio palpitante
Seio d'esposa fizer!
Que dessa forma tão pura
Fizer com mais formosura
Seio de bela mulher!

Feliz de mim... porém não!...
Repouse teu coração
Da pureza no rosal!
Tenho no peito um aroma

Que valha a rosa que assoma
No teu seio virginal?...

# MINHA MUSA

Minha musa é a lembrança
Dos sonhos em que eu vivi,
É de uns lábios a esperança
E a saudade que eu nutri!
É a crença que alentei,
As luas belas que amei
E os olhos por quem morri!

Os meus cantos de saudade
São amores que eu chorei,
São lírios da mocidade
Que murcham porque te amei!
As minhas notas ardentes
São as lágrimas dementes
Que em teu seio derramei!

Do meu outono os desfolhos,
Os astros do teu verão,
A languidez de teus olhos
Inspiram minha canção...
Sou poeta porque és bela,
Tenho em teus olhos, donzela,
A musa do coração!

Se na lira voluptuosa
Entre as fibras que estalei
Um dia atei uma rosa
Cujo aroma respirei...
Foi nas noites de ventura,
Quando em tua formosura
Meus lábios embriaguei!

E se tu queres, donzela,
Sentir minh'alma vibrar,

Solta essa trança tão bela,
Quero nela suspirar!
E dá repousar-me teu seio...
Ouvirás no devaneio
A minha lira cantar!

## MALVA-MAÇÃ

De teus seios tão mimosos
Dá que eu goze o talismã!
Dá que ali repouse a fronte
Cheia de amoroso afã!
E louco nele respire
A tua malva-maçã!

Dá-me essa folha cheirosa
Que treme no seio teu!
Dá-me a folha... hei de beijá-la
Sedenta no lábio meu!
Não vês que o calor do seio
Tua malva emurcheceu?...

A pobrezinha em teu colo
Tantos amores gozou,
Viveu em tanto perfume
Que de enlevos expirou!
Enlanguesce-me de gozo:
Quem pudera no teu seio
Morrer como ela murchou!

Teu cabelo me inebria,
Teu ardente olhar seduz,
A flor de teus olhos negros
De tu'alma raia à luz...
E sinto nos lábios teus
Fogo do céu que transluz!

O teu seio que estremece
Há um *quê* de tão suave
No colo voluptuoso...
Que num trêmulo delíquio
Faz-me sonhar venturoso!

Descansar nesses teus braços
Fora angélica ventura...
Fora morrer... nos teus lábios
Aspirar tu'alma pura!
Fora ser Deus dar-te um beijo
Na divina formosura!

Mas o que eu peço, donzela,
Meus amores, não é tanto!
Basta-me a flor do seio
Para que eu viva no encanto
E em noites enamoradas
Eu verta amoroso pranto!

Oh! virgem dos meus amores,
Dá-me essa folha singela!
Quero sentir teu perfume
Nos doces aromas dela...
E nessa malva-maçã
Sonhar teu seio, donzela!

Uma folha assim perdida
De um seio virgem no afã
Acorda ignotas doçuras
Com divino talismã!
Dá-me do seio esta folha
A tua malva-maçã!

Quero apertá-la a meu peito
E beijá-la com ternura...
Dormir com ela nos lábios

Desse aroma na frescura...
Beijando-a a sonhar contigo
E desmaiar de ventura!

A folha que tens no seio
De joelhos pedirei...
Se posso viver sem ela
Não o creio! bem o sei...
Dá-ma pelo amor de Deus,
Que sem ela morrerei!...
Pelas estrelas da noite,
Pelas brisas da manhã,
Por teus amores mais puros,
Pelo amor de tua irmã,
Dá-me essa folha cheirosa...
– A tua malva-maçã!

## PENSAMENTOS DELA

Talvez, à noite, quando a hora finda
Em que eu vivo de tua formosura,
Vendo em teus olhos... nessa face linda
A sombra de meu anjo da ventura,
Tu sorrias de mim porque não ouso
Leve turbar teu virginal repouso,
    A murmurar ternura.

Eu sei. Entre minh'alma e tua aurora
Murmura meu gelado coração.
Meu enredo morreu. Sou triste agora,
Estrela morta em noite de verão!
Prefiro amar-te bela no segredo!
Se foras minha tu verias cedo
    Morrer tua ilusão!

Eu não sou o ideal, alma celeste,
Vida pura de lábios recendentes,
Que teu imaginar de encantos veste
E sonhas nos teus seios inocentes!...
Flor que vives de aromas e luar,
Oh! nunca possas ler do meu penar
    As páginas ardentes!

Se em cânticos de amor a minha fronte
Engrinaldo por ti, amor cantando,
Com as rosas que amava Anacreonte,
É que alma dormida, palpitando...
No raio de teus olhos se ilumina,
Em ti respira inspiração divina
    E ela sonha cantando!

Não a acordes contudo. A vida nela
Como a ave no mar suspira e cai...
Às vezes, teu alento de donzela
E de teus lábios o morrer de um ai,
Tua imagem de fada, num instante
Estremecem-na, embalam-na expirante
    E lhe dizem: "sonhai!"

Mas quando o teu amante fosse esposo
E tu, sequiosa e lânguida de amor,
O embalasses ao seio voluptuoso
E o beijasses dos lábios no calor,
Quando tremesses mais, não te doera
Sentir que nesse peito que vivera
    Murchou a vida em flor?

## POR MIM?

Teus negros olhos uma vez fitando
Senti que luz mais branda os acendia,
Pálida de langor, eu vi, te olhando,
Mulher do meu amor, meu serafim,
Esse amor que em teus olhos refletia...
    Talvez! – era por mim?

Pendeste, suspirando, a face pura,
Morreu nos lábios teus um ai perdido...
Tão ébrio de paixão e de ventura!
Mulher de meu amor, meu serafim,
Por quem era o suspiro amortecido?
    Suspiravas por mim?...

Mas... eu sei!... ai de mim? Eu vi na dança
Um olhar que em teus olhos se fitava...
Ouvi outro suspiro... d'esperança!
Mulher do meu amor, meu serafim,
Teu olhar, teu suspiro que matava...
    Oh! não eram por mim.

## LÉLIA

Passou talvez ao alvejar da lua,
Como incerta visão na praia fria...
Mas o vento do mar não escutou-lhe
Uma voz a seu Deus!...ela não cria!

Uma noite, aos murmúrios do piano
Pálida misturou um canto aéreo...
Parecia de amor tremer-lhe a vida
Revelando nos lábios um mistério!

Porém, quando expirou a voz nos lábios,
Ergueu sem pranto a fronte descorada,
Pousou a fria mão no seio imóvel,
Sentou-se no divã... sempre gelada!

Passou talvez do cemitério à sombra
Mas nunca numa cruz deixou seu ramo,
Ninguém se lembra de lhe ter ouvido
Numa febre de amor dizer: "eu amo!"

Não chora por ninguém... e quando, à noite,
Lhe beija o sono as pálpebras sombrias
Não procura seu anjo à cabeceira
E não tem orações, mas ironias!

Nunca na terra uma alma de poeta,
Chorosa, palpitante e gemebunda
Achou nessa mulher um hino d'alma
E uma flor para a fronte moribunda.

Lira sem cordas não vibrou d'enlevo,
As notas puras da paixão ignora,
Não teve nunca n'alma adormecida
O fogo que inebria e que devora!

Descrê. Derrama fel em cada riso,
Alma estéril não sonha uma utopia...
Anjo maldito salpicou veneno
Nos lábios que tressuam de ironia.

É formosa contudo. Há dessa imagem
No silêncio da estátua alabastrina
Como um anjo perdido que ressumbra
Nos olhos negros da mulher divina.

Há nesse ardente olhar que gela e vibra,
Na voz que faz tremer e que apaixona
O gênio de Satã que transverbera,
E o langor pensativo da Madona!

É formosa, meu Deus! Desde que a vi
Na minh'alma suspira a sombra dela...
E sinto que podia nesta vida
Num seu lânguido olhar morrer por ela.

## MORENA

*Ó Teresa, um outro beijo! e abandona-me
a meus sonhos e a meus suaves delírios.*
Jacopo Ortis

É loucura, meu anjo, é loucura
Os amores por anjos... bem sei!
Foram sonhos, foi louca ternura
Esse amor que a teus pés derramei!

Quando a fronte requeima e delira,
Quando o lábio desbota de amor,
Quando as cordas rebentam na lira
Que palpita no seio ao cantor...

Quando a vida nas dores é morta,
Ter amores nos sonhos é crime?
E loucura: eu o sei! mas que importa?
Ai! morena! és tão bela!... perdi-me!

Quando tudo, na insônia do leito,
No delírio de amor devaneia
E no fundo do trêmulo peito
Fogo lento no sangue se ateia...

Quando a vida nos prantos se escoa
Não merece o amante perdão?
Ai! morena! és tão bela! perdoa!
Foi um sonho do meu coração!

Foi um sonho... não cores de pejo!
Foi um sonho tão puro!... ai de mim!
Mal gozei-lhe as frescuras de um beijo!
Ai! não cores, não cores assim!

Não suspires! por que suspirar?
Quando o vento num lírio soluça,
E desmaia no longo beijar,
E ofegante de amor se debruça...
Quando a vida lhe foge, lhe treme,
Pobre vida do seu coração,
Essa flor que o ouvira, que geme,
Não lhe dera no seio o perdão?

Mas não cores! se queres, afogo
No meu seio o fogoso anelar!
Calarei meus suspiros de fogo
E esse amor que me há de matar!

Morrerei, ó morena, em segredo!
Um perdido na terra sou eu!
Ai! teu sonho não morra tão cedo
Como a vida em meu peito morreu!

## 12 DE SETEMBRO

I
O sol oriental brilha nas nuvens,
Mais docemente a viração murmura

E mais doce no vale a primavera
Saudosa e juvenil é toda em rosa...
    Como os ramos sem folhas
    Do pessegueiro em flor.

Ergue-te, minha noiva, ó natureza!
Somos sós – eu e tu: – acorda e canta
    No dia de meus anos!

II
Debalde nos meus sonhos de ventura
Tento alentar minha esperança morta
    E volto-me ao porvir...
A minha alma só canta a sepultura
E nem última ilusão beija e conforta
    Meu ardente dormir...

III
Tenho febre... meu cérebro transborda.
Eu morrerei mancebo, inda sonhando
    Da esperança o fulgor...
Oh! cantemos ainda: a última corda
Treme na lira... morrerei cantando
    O meu único amor!

IV
Meu amor foi o sol que madrugava
O canto matinal da cotovia
    E a rosa predileta...
Fui um louco, meu Deus, quando tentava
Descorado e febril nodoar na orgia
    Os sonhos de poeta...

V
Meu amor foi a verde laranjeira
Que ao luar orvalhoso entreabre as flores,
    Melhor que ao meio-dia,

As campinas, a lua forasteira,
Que triste, como eu sou, sonhando amores
    Se embebe de harmonia.

VI
Meu amor!... foi a mãe que me alentava,
Que viveu e esperou por minha vida
    E pranteia por mim...
E a sombra solitária que eu sonhava
Lânguida como vibração perdida
    De roto bandolim...

VII
Eu vaguei pela vida sem conforto,
Esperei o meu anjo noite e dia
    E o ideal não veio...
Farto de vida, breve serei morto...
Não poderei ao menos na agonia
    Descansar-lhe no seio...

VIII
Passei como Don Juan entre as donzelas,
Suspirei as canções mais doloridas
    E ninguém me escutou...!
Oh! nunca à virgem flor das faces belas
Sorvi o mel nas longas despedidas...
    Meu Deus! ninguém me amou!

IX
Vivi na solidão!... odeio o mundo
E no orgulho embucei meu rosto pálido
    Como um astro na treva...
Senti a vida um lupanar imundo:
Se acorda o triste profanado, esquálido
    – A morte fria o leva...

X
E quantos vivos não caíram frios,
Manchados de embriaguez da orgia em meio
    Nas infâmias do vício!
E quantos morreram inda sombrios,
Sem remorsos dos loucos devaneios...
    – Sentindo o precipício!...

XI
Perdoa-lhes, meu Deus! o sol da vida
Nas artérias ateia o sangue em lava
    E o cérebro varia...
O século na vaga enfurecida
Levou a geração que se acordava...
    E nuta de agonia...

XII
São tristes deste século os destinos!
Seiva mortal as flores que despontam
    Infecta em seu abrir...
E o cadafalso e a voz dos Girondino
Não falam mais na glória e não apontam
    A aurora do porvir!

XIII
Fora belo talvez, em pé, de novo,
Como Byron surgir, ou na tormenta
    O herói de Waterloo...
Com sua ideia iluminar um povo,
Como o trovão nas nuvens que rebenta
    E o raio derramou!

XIV
Fora belo talvez sentir no crânio
A alma de Goethe e reunir na fibra,
    Byron, Homero e Dante;

Sonhar-se num delírio momentâneo
A alma da criação e o som que vibra
    A terra palpitante...

XV
Mas ah! o viajor nos cemitérios
Nessas nuas caveiras não escuta
    Vossas almas errantes,
Do estandarte da sombra nos impérios
A morte – como a torpe prostituta –
    Não distingue os amantes.

XVI
Eu pobre sonhador... em terra inculta,
Onde não fecundou-se uma semente,
    Convosco dormirei...
E dentre nós a multidão estulta
Não vos distinguirá a fronte ardente
    Do crânio que animei...

XVII
Ó morte! a que mistério me destinas?
Esse átomo de luz que inda me alenta,
    Quando o corpo morrer,
Voltará amanhã... aziagas sinas!...
Da terra sobre a face macilenta
    Esperar e sofrer?

XVIII
Meu Deus, antes, meu Deus, que uma outra vida
Com teu sopro eternal meu ser esmaga
    E minh'alma aniquila...
A estrela de verão no céu perdida
Também, às vezes, teu alento apaga
    Numa noite tranquila!...

# SOMBRA DE D. JUAN

*A dream that was not at all a dream.*[39]
Lord Byron, *Darkness*

I
Cerraste enfim as pálpebras sombrias!...
E a fronte esverdeou da morte à sombra,
    Como lâmpada exausta!
E agora?... no silêncio do sepulcro
Sonhas o amor... os seios de alabastro
    Das lânguidas amantes?

E Haideia, a virgem, pela praia errando,
Aos murmúrios do mar que lhe suspira
    Com incógnito desejo
Te sussurra delícias vaporosas...
E o formoso estrangeiro adormecido
    Entrebeija tremendo?

Ou a pálida fronte libertina
Relembra a tez, o talhe voluptuoso
    Da oriental seminua?
Ou o vento da noite em teus cabelos
Sussurra e lembra do passado as nódoas
    No túmulo sem letras?
Ergue-te, libertino! eu não te acordo
Para que a orgia te avermelhe a face
    Que a morte amarelou...
Nem para jogo e noites delirantes,
E do ouro a febre e da perdida os lábios
    E a convulsão noturna!

Não, ó belo Espanhol! Venho sentar-me
À borda do teu leito, porque a febre

---
39 "Um sonho que não era inteiro um sonho."

    Minha insônia devora...
Porque não durmo quando o sonho passa
E do passado o manto profanado
    Me roça pela face!

Quero na sombra conversar contigo,
Quero me digas tuas noites breves,
    As febres e as donzelas
Que no fogo do viver murchaste ao peito!
Ergue-te um pouco da mortalha branca,
    Acorda, Don Juan!

Contigo velarei: do teu sudário
Nas dobras negras deporei a fronte,
    Como um colo de mãe...
E como leviano peregrino
Da vida as águas saudarei sorrindo
    Na extrema do infinito!

E quando a ironia regelar-se
E a morte me azular os lábios frios
    E o peito emudecer...
No vinho queimador, no golo extremo,
Num riso... à vida brindarei zombando
    E dormirei contigo!

II
Mas não: não veio na mortalha envolto
Don Juan, seminu, com rir descrido,
    Zombando do passado,
Só além... onde as folhas alvejavam
Ao luar que banhava o cemitério,
    Vi um vulto na sombra.

Cantava: ao peito o bandolim saudoso
Apertava, qual nu e perfumado
    A Madona seu filho;

E a voz do bandolim se repassava...
Mais languidez bebia ressoando
    No cavernoso peito.

Do *sombrero* despiu a fronte pálida,
Ergueu à lua a palidez do rosto
    Que lágrimas enchiam...
Cantava: eu o escutei... amei-lhe o canto,
Com ele suspirei, chorei com ele:
    – O vulto era Don Juan!

III
A CANÇÃO DE DON JUAN

"Ó faces morenas! ó lábios de flor!
Ouvi-me a guitarra que trina louçã,
Vos tragou meu peito, meus beijos de amor
    Ó lábios de flor,
    Eu sou Don Juan!

"Nas brisas da noite, no frouxo luar,
Nos beijos do vento, na fresca manhã
Dizei-me: não vistes, num sonho passar,
    Ao frouxo luar,
    Febril Don Juan?

"Acordem, acordem, ó minhas donzelas,
A brisa nas águas lateja de afã!
Meus lábios têm fogo e as noites são belas
    Ó minhas donzelas,
    Eu sou Don Juan!

"Ai! nunca sentistes o amor d'espanhol!
Nos lábios mimosos de flor de romã
Os beijos que queimam no fogo do sol!
    Eu sou o espanhol:
    Eu sou Don Juan!

"Que amor, que sonhos no febril passado!
Que tantas ilusões no amor ardente!
E que pálidas faces de donzela
Que por mim desmaiaram docemente!

"Eu era o vendaval que às flores puras
Do amor nas manhãs o lábio abria!
Se murchei-as depois... é que espedaça
As flores da montanha a ventania!

"E tão belas, meu Deus! as níveas pérolas
Mergulhei-as no lodo uma por uma,
De meus sonhos de amor nada me resta!
Em negras ondas só vermelha escuma!

"Anjos que desflorei! que desmaiados
Na torrente lancei do lupanar!
Crianças que dormiam no meu peito
E acordaram da mágoa ao soluçar!

"E não tremem as folhas no sussurro,
E as almas não palpitam-se de afã,
Quando entre a chuva rebuçado passa
Saciado de beijos Don Juan?"

IV
Como virgem que sente esmorecer
Num hálito de amor a vida bela,
    Que desmaia, que treme...
Como virgem nas lentas agonias
Os seus olhos azuis aos céus erguendo
    Co'as mãos níveas no seio...

Pressentindo que o sangue lhe resfria
E que nas faces pálidas a beija
    O anjo da agonia...
Exala ainda o canto harmonioso...

Casuarina pendida onde sussurra
    O anoitecer da vida...

Assim nos lábios e nas cordas meigas
Do palpitante bandolim a mágoa
    Gemia como o vento...
Como o cisne que boia, que se perde...
Na lagoa da morte geme ainda
    O cântico saudoso!

Mas depois no silêncio uma risada
Convulsiva arquejou... rompeu as cordas
    Das ternas assonias,
Rompeu-as e sem dó... e noutras fibras
Corria os dedos descuidoso e frio
    Salpicando-as d'escárnio...

V
"Os homens semelham as modas de um dia,
    E velha e passada
    A roupa manchada...
    Porém quem diria
    Que é moda de um dia,
    Que é velho Don Juan?!

"Os anos que passem nos negros cabelos
    Branqueiem de neve
    As c'roas que teve!
    Dizei, anjos belos
    De negros cabelos,
    Se é velho Don Juan!

"E quando no seio das trêmulas belas
    De noite suspira
    E nuta e delira...
    Que digam pois elas
    As trêmulas belas
    Se é velho Don Juan!

"Que o diga a sultana, a violenta espanhola,
   A loira alemã
   E grega louçã...
   Que o diga a espanhola
   Que a noite consola...
   Se é velho Don Juan!

"..................."

VI
Era longa a canção... Cantou; e o vento
Nos ciprestes com ele esmorecia!
   Pendeu a fronte, os lábios
Emudeceram... como cala o vento
   Do trópico na podre calmaria...
   Cismava Don Juan.

## NA VÁRZEA

Como é bela a manhã! Como entre a névoa
A cidade sombria ao sol clareia
E o manto dos pinheiros se aveluda...
E o orvalho goteja dos coqueiros...
E dos vales o aroma acorda o pássaro...
E o fogoso corcel no campo aberto
Sorve d'alva o frescor, sacode as clinas,
Respira na amplidão, no orvalho rola,
Cobra em leito de folhas novo alento
   E galopa nitrindo!

Agora que a manhã é fresca e branca
E o campo solitário e o val se arreia...
Ó meu amigo, passeemos juntos
Na várzea que do rio as águas negras
   Umedecem fecundas...

O campo é só: na chácara florida
Dorme o homem do vale e no convento
Cintila a medo a lâmpada da virgem,
Que pálidas vestais no altar acendem!

Tudo acorda, meu Deus, nestas campinas!
Os cantos do Senhor erguem-se em nuvens,
Como o perfume que evapora o leito
    Do lírio virginal!

Acorda, ó meu amigo: quando brilha
Em toda a natureza tanto encanto,
Tanta magia pelo céu flutua
E chovem sobre os vales harmonias,
É descrer do Senhor dormir no tédio,
É renegar das santas maravilhas
O ardente coração não expandir-se
E a alma não jubilar dentro do peito!

Lá onde mais suave entre os coqueiros,
O vento da manhã nas casuarinas
Cicia mais ardente suspirando,
Como de noite no pinhal sombrio
Aéreo canto de não vista sombra,
Que enche o ar de tristeza e amor transpira...
Lá onde o rio molemente chora
Nas campinas em flor e rola triste...
Alveja, à sombra, habitação ditosa,
Coroa os frisos da janela verde
A trepadeira em flor do jasmineiro
E pelo muro se avermelha a rosa.
Ali quando a manhã acorda a bela,
A bela, que eu sonhei nos meus amores...
Ao primeiro calor do sol d'aurora
Entorna-se da flor o doce aroma,
Inda mais doce em matutino orvalho,
Nas tranças negras da donzela pálida,

Mais bela que o diamante se aveluda,
Camélia fresca, inda em botão, tingida
De neve e de coral... no seio dela
Não reluz o colar... em negro fio
A cruz da infância melhor guarda o seio,
Que o amor virginal beija tremendo
E os ais do coração melhor perfuma...

Vem comigo, mancebo: aqui sentemo-nos...
Ela dorme: a janela inda cerrada
Se enche de rosas e jasmins, à noite...
E as flores virgens com o aberto seio
Um beijo da donzela ainda imploram.
..........

Mais doce o canto foge de mistura
Co'as doces notas do violão divino!
Anjo da vida te verteu nos lábios
O mel dos serafins que a voz serena,
Que a transborda de encanto e de harmonia
E faz no eco propulsar meu peito!

Suspire o violão: nos seus lamentos
Murmura essa canção dos meus amores,
Que este peito sangrento lhe votara,
Quando a seus pés, acesa a fantasia,
Em doce engano derramei minh'alma!

Quando a brisa seus ais melhor afina,
Quando a frauta no mar branda suspira,
Com mais encanto as folhas do salgueiro
Debruçam-se nas águas solitárias
E deixam, gota a gota, o argênteo orvalho
Como prantos nas folhas deslizar-se.

Quando a voz do cantor perder-se, à noite,
Na margem da torrente, ou nas campinas,

Ou no umbroso jardim que flores cobrem...
Mais doce a noite pelo céu vagueia,
Melhor florescem as noturnas flores...
E o seio da mulher, que a noite embala,
Pulsa quente e febril com mais ternura!

Se o anjo de meus tímidos amores
Pudesse ouvir-te os cândidos suspiros,
Que a minha dor de amante lhe revelam...
Se ela acordasse, nos cabelos soltos
Inda o semblante sonolento e pálido
E o seio seminu e os ombros níveos
E as trêmulas mãos cobrindo o seio...
Se esta janela num instante abrisse
A fada da ventura, embora apenas
Um instante... sequer... Meus pobres sonhos,

Como saudosos vos murchais sedentos!
Flores do mar que um triste vagabundo
Arrancou de seu leito umedecido
E grosseiro apertou nas mãos ardentes,
Eu morro de saudade! e só me nutre
Inda nas tristes, desbotadas veias
O sangue do passado e da esperança!

## O EDITOR

A poesia transcrita é de Torquato,
Desse pobre poeta enamorado
Pelos encantos de Leonora esquiva,
Copiei-a do próprio manuscrito;
E, para prova da verdade pura
Deste prólogo meu, basta que eu diga
Que a letra era um garrancho indecifrável,
Mistura de borrões e linhas tortas!

Trouxe-ma do Arquivo lá da lua
E decifrou-ma familiar demônio...
Demais... infelizmente é bem verdade
Que Tasso lastimou-se da penúria
De não ter um ceitil para a candeia.

Provo com isso que do mundo todo
O sol é este Deus indefinível,
Ouro, prata, papel, ou mesmo cobre,
Mais santo do que os Papas – o dinheiro!

Byron no seu *Don Juan* votou-lhe cantos,
Filinto Elísio e Tolentino o sonham,
Foi o Deus de Bocage e d'Aretino,
– Aretino! essa incrível criatura
Lívida, tenebrosa, impura e bela,
Sublime... e sem pudor, onda de lodo
Em que do gênio profanou-se a pérola,
Vaso d'ouro que um óxido terrível
Envenenou de morte, alma – poeta
Que tudo profanou com as mãos imundas
E latiu como um cão mordendo um século...
..........

Quem não ama o dinheiro? Não me engano
Se creio que Satã, à noite, veio
Aos ouvidos de Adão adormecido,
Na sua hora primeira, murmurar-lhe
Essa palavra mágica da vida,
Que vibra musical em todo o mundo,

Se houvesse o Deus-Vintém no Paraíso
Eva não se tentava pelas frutas,
Pela rubra maçã não se perdera:
Preferira decerto o louro amante
Que tine tão suave e é tão macio!

Se não faltasse o tempo a meus trabalhos,
Eu mostraria quanto o povo mente
Quando diz que – a poesia enjeita e odeia
As moedinhas doiradas. É mentira!

Desde Homero (que até pedia cobre),
Virgílio, Horácio, Calderón, Racine,
Boileau e o fabuleiro LaFontaine
E tantos que melhor decerto fora
De poetas copiar algum catálogo,
Todos a mil e mil por ele vivem
E alguns chegaram a morrer por ele!
Eu só peço licença de fazer-vos
Uma simples pergunta: – na gaveta
Se Camões visse o brilho do dinheiro...
Malfilâtre, Gilbert, o altivo Chatterton
Se o tivessem nas rotas algibeiras,
Acaso blasfemando morreriam?

## OH! NÃO MALDIGAM!

Oh! não maldigam o mancebo exausto
Que nas orgias gastou o peito insano...
Que foi ao lupanar pedir um leito,
Onde a sede febril lhe adormecesse!

Não podia dormir! nas longas noites
Pediu ao vício os beijos de veneno...
E amou a saturnal, o vinho, o jogo
E a convulsão nos seios da perdida!

Misérrimo! não creu... Não o maldigam,
Se uma sina fatal o arrebatava...
Se na torrente das paixões dormindo
Foi naufragar nas solidões do crime.

Oh! não maldigam o mancebo exausto
Que no vício embalou, a rir, os sonhos,
Que lhes manchou as perfumadas tranças
Nos travesseiros da mulher sem brio!

Se ele poeta nodoou seus lábios...
É que fervia um coração de fogo
E da matéria a convulsão impura
A voz do coração emudecia!

E quando p'la manhã da longa insônia
Do leito profanado ele se erguia,
Sentindo a brisa lhe beijar no rosto
E a febre arrefecer nos roxos lábios...

E o corpo adormecia e repousava
Na serenada relva da campina...
E as aves da manhã em torno dele
Os sonhos do poeta acalentavam...

Vinha um anjo de amor uni-lo ao peito,
Vinha uma nuvem derramar-lhe a sombra...
E a alma que chorava a infâmia dele
Secava o pranto e suspirava ainda!

# DINHEIRO

*Oh! argent! Avec toi on est beau, jeune,
adoré; on a considération, honneurs, qualités, vertus.
Quand on n'a point d'argent on est dans la dépendance
de toutes choses et de tout le monde.*[40]
Chateaubriand

Sem ele não há cova – quem enterra
Assim grátis, *a Deo*? O batizado
Também custa dinheiro. Quem namora
Sem pagar as pratinhas ao Mercúrio?
Demais, as Danáes também o adoram...
Quem imprime seus versos, quem passeia,
Quem sobe a deputado, até ministro,
Quem é mesmo eleitor, embora sábio,
Embora gênio, talentosa fronte,
Alma romana, se não tem dinheiro?
Fora a canalha de vazios bolsos!
O mundo é para todos... Certamente
Assim o disse Deus, mas esse texto
Explica-se melhor e d'outro modo...
Houve um erro de imprensa no Evangelho:
O mundo é um festim, concordo nisso,
Mas não entra ninguém sem ter as louras.

# ADEUS, MEUS SONHOS!

Adeus, meus sonhos, eu pranteio e morro!
Não levo da existência uma saudade!

---

[40] "Oh! Dinheiro! Tu nos fazes belos, jovens, adorados; com honrarias, consideração, qualidades, virtudes. Se te perdemos, ficamos na dependência de tudo e de todo o mundo."

E tanta vida que meu peito enchia
Morreu na minha triste mocidade!

Misérrimo! votei meus pobres dias
À sina doida de um amor sem fruto...
E minh'alma na treva agora dorme
Como um olhar que a morte envolve em luto.

Que me resta, meu Deus?!... morra comigo
A estrela de meus cândidos amores,
Já que não levo no meu peito morto
Um punhado sequer de murchas flores!

## MINHA DESGRAÇA

Minha desgraça não é ser poeta,
Nem na terra de amor não ter um eco...
E, meu anjo de Deus, o meu planeta
Tratar-me como trata-se um boneco...

Não é andar de cotovelos rotos,
Ter duro como pedra o travesseiro...
Eu sei... O mundo é um lodaçal perdido
cujo sol (quem mo dera) é o dinheiro...

Minha desgraça, ó cândida donzela,
O que faz que meu peito assim blasfema,
É ter por escrever todo um poema,
E não ter um vintém para uma vela.

# PÁGINA ROTA

*Et pourtant que le parfum d'un pur*
*amour est suave!* [41]
George Sand

Meu pobre coração que estremecias,
Suspira a desmaiar no peito meu:
Para enchê-lo de amor, tu bem sabias
    Bastava um beijo teu!

Como o vale nas brisas se acalenta,
O triste coração no amor dormia;
Na saudade, na lua macilenta
    Sequioso ar bebia!

Se nos sonhos da noite se embalava
Sem um gemido, sem um ai sequer,
E que o leite da vida ele sonhava
    Num seio de mulher!

Se abriu tremendo os íntimos refolhos,
Se junto de teu seio ele tremia,
E que lia a ventura nos teus olhos,
    É que deles vivia!

Via o futuro em mágicos espelhos,
Tua bela visão o enfeitiçava,
Sonhava adormecer nos teus joelhos...
    Tanto enlevo sonhava!

Via nos sonhos dele a tua imagem
Que de beijos de amor o recendia...

---

41   "E, todavia, é doce o perfume de um amor puro!"

E, de noite, nos hálitos da aragem
    Teu alento sentia!

Ó pálida mulher! se negra sina
Meu berço abandonado me embalou,
Não te rias da sede peregrina
    Dest'alma que te amou...

Que sonhava em teus lábios de ternura
Das noites do passado se esquecer...
Ter um leito suave de ventura...
    E amor on de morrer!

Impressão e Acabamento
**Gráfica Oceano**